De Wilde Kippen Club
en de liefde

Ander werk van Cornelia Funke

De dievenbende van Scipio (2003) Zilveren Griffel 2004
Thomas en de laatste draken (2004)
Hart van inkt (2005) Zilveren Griffel 2006
De Wilde Kippen Club (2006)
Web van inkt (2006)
De Wilde Kippen Club op schoolreis (2007)
De Wilde Kippen Club: Groot alarm! (2007)
Igraine Zondervrees (2008)
De spokenjagers (2008)
De Wilde Kippen Club: De hemel op aarde (2008)
Nacht van inkt (2008)

Cornelia Funke
De Wilde Kippen Club
en de liefde

Vertaald door Esther Ottens

Amsterdam · Antwerpen
Em. Querido's Uitgeverij BV
2009

www.wildekippenclub.nl
www.corneliafunke.nl
www.queridokind.nl

Oorspronkelijke titel: *Die Wilden Hühner und die Liebe*
(Cecilie Dressler Verlag, Hamburg, 2000)

Omslagillustratie Juliette de Wit
Omslagontwerp Suzanne Hertogs

ISBN 978 90 451 0760 8 / NUR 283

Voor Anna's wilde kippen – en voor Vanessa,
die het als eerste gelezen heeft

Sprotjes moeder reed te hard. Ze was al een keer door rood gereden en het verkeerslicht waar ze nu op af reed, stond ook al gevaarlijk lang op oranje.

'Dat haal je niet!' zei Sprotje. Buiten slenterden de mensen in T-shirt langs de etalages en de hemel boven de stad was zo blauw alsof hij pas opnieuw geschilderd was. Deze dag was hooguit bedoeld om een ijsje te gaan eten, in elk geval niet om zo'n stomme...

'Natuurlijk haal ik dat wel.' Haar moeder gaf nog wat meer gas, maar ze haalde het niet en moest zo hard remmen dat de veiligheidsgordel in Sprotjes schouder sneed.

'Mam! Wil je je rijbewijs kwijt of zo? Je bent toch al te laat.'

Haar moeder keek in de achteruitkijkspiegel en likte een beetje lippenstift van haar tanden. 'O ja? En wie z'n schuld is het dat we zo laat zijn? Wie moest er zo nodig nog met al haar vriendinnen bellen en een halfuur naar een versleten spijker-broek zoeken waarin geen normaal mens meer de straat op zou gaan?'

Sprotje streek over haar broek, die inderdaad betere tijden

had gekend, en keek uit het raampje. De taxi stonk naar sigarettenrook en vreemde mensen. 'Ik heb gewoon geen zin om trouwjurken te gaan kijken. En jij moest daar vroeger ook niets van hebben. Voor...' Ze maakte haar zin niet af: voor die betweter op het toneel verscheen, voor dat gepraat over trouwen begon, toen er nog niemand bij ons op de wc autotijdschriften zat te lezen en ik nog de grote slaapkamer had. Dat hoefde Sprotje allemaal niet hardop te zeggen. Haar moeder wist ook zo wel wat er in haar hoofd omging, en het schuldgevoel dat het haar bezorgde maakte haar humeur er niet bepaald beter op. Ze wierp een grimmige blik in de achteruitkijkspiegel en plukte het haar van haar voorhoofd.

'Het spijt me dat ik van mening veranderd ben! Dat zou jou natuurlijk nooit overkomen. Goeie god, ik wilde gewoon graag dat je erbij zou zijn. Dat je me helpt met uitzoeken. Anders weet je toch ook altijd zo goed wat ik aan moet?'

Het licht sprong op groen en de automobilist achter hen, een klein, kaal mannetje dat amper over zijn stuur heen kon kijken, toeterde toen Sprotjes moeder niet onmiddellijk optrok.

'Ja ja, ik ga al. Moet je die kleine gifkikker nou eens zien. Je komt ze ook overal tegen, die gifkikkers.'

Haar moeder wisselde zo abrupt van rijstrook dat het kale mannetje zijn middelvinger naar haar opstak, maar ze zag het niet eens. Ze was nu al dagen zo, sinds zij en die betweter de trouwdatum hadden vastgesteld.

'Ik snap er nog steeds niets van.' Sprotje had zich heilig voorgenomen er niet weer over te beginnen, maar ze kon het gewoon niet laten. 'Waarom moet je met hem trouwen? Is het

niet genoeg dat hij om de dag...' Ze beet op haar onderlip.
Klaar.

Haar moeder hield het stuur zo stevig vast dat haar knok-
kels spierwit werden. Alsof Sprotje niet wist dat het een idee
van die betweter was geweest. Hij was dol op trouwerijen en
alles wat erbij hoorde, en daarom moesten ze op deze heerlijk-
warme, hemelsblauwe lentemiddag op zoek naar een trouwjurk. En dat terwijl Sprotjes moeder hooguit vijf keer in haar
leven een rok aan had gehad, om van jurken maar te zwijgen.

'Hij zegt dat hij me gewoon graag in zo'n ding wil zien,'
mompelde ze. 'Hij zegt dat het me prachtig zal staan.'

Sprotje zag helemaal voor zich hoe hij keek als hij dat zei.
Als de betweter een romantische bui had, kreeg hij een ont-
zettend onnozele blik in zijn ogen, alsof zijn gezicht smolt van
ontroering, als een pakje boter in de zon. Met die blik kon hij
Sprotjes moeder overal warm voor krijgen, zelfs voor een witte bruiloft met alles erop en eraan, zoals hij het noemde.

Ze waren al bijna een jaar bij elkaar. Nog nooit had een
man zich zo in hun leven genesteld. Zijn autotijdschriften lagen naast de wc, zijn haar zat in de borstel en bij het ontbijt
kaapte hij de Nutella voor Sprotjes neus weg. Hij was nog net
niet helemaal bij hen ingetrokken. Twee, drie dagen per week
sliep hij nog in zijn eigen huis, voor zover je het een huis kon
noemen, boven zijn rijschool, maar dat zou na de bruiloft
natuurlijk veranderen. In de aanloop naar de grote dag had
Sprotje haar kamer moeten ontruimen, want het echtelijke
bed dat de betweter had uitgezocht paste niet in de slaapkamer van haar moeder.

Sprotje zette haar voeten tegen het dashboard. Daar was de winkel. Hij was niet al te groot. In de etalage keken twee poppen in een witte trouwjurk met een wezenloos lachje de lente in. De betweter stond al voor de deur te wachten. Sprotje zag hem op zijn horloge kijken.

'Straks kom ík te laat,' zei Sprotje toen haar moeder langs de stoep parkeerde. Dat kwam er ook nog bij. Ze had om vijf uur een afspraak met Fred. Ze zouden naar de film gaan, samen met Roos. 'Waag het niet om weer te laat te komen!' had Fred die ochtend op school dreigend gezegd. 'Dan ga ik alleen met Roos naar de film en gaan we gezellig op de zoenrij zitten.' Sprotje had hem lachend een duw gegeven. Het was namelijk suf om jaloers te zijn op je beste vriendin. Maar soms ben je suf, ook al wil je dat helemaal niet. En Fred en Roos waren de laatste tijd best vaak bij elkaar, omdat Fred wiskundebijles nodig had en Melanie hem had aangeraden naar Roos te gaan. Vandaag was ook zo'n bijlesdag en Sprotje wilde echt niet te laat in de bioscoop zijn. Niet vanwege een stelletje stomme witte jurken.

De betweter liep natuurlijk weer in een van zijn gruwelijke gebreide truien (svt's noemde Fred die: sportverslaggeverstruien), en waarschijnlijk stond hij al een hele tijd wortel te schieten, want hij was altijd stipt op tijd, of liever gezegd, hij was altijd minstens een kwartier te vroeg.

Zo te zien was hij net zo zenuwachtig als Sprotjes moeder. Hij ging de hele tijd met zijn hand door zijn haar, het stond al alle kanten op. 'Hèhè, eindelijk!' riep hij. 'Ik dacht al, die komen niet.'

'Lieve hemel, ik hoop dat die minutenzifterij ooit nog een

keer overgaat,' fluisterde Sprotjes moeder terwijl ze op hem afliepen. 'Misschien moet ik zijn horloge verzetten, zodat hij ook eens te laat komt. Lijkt je dat geen goed idee?'

Sprotje moest haar lachen inhouden. Dat idee was bij haar ook al opgekomen.

'Waarom grijnzen jullie zo?' De betweter bekeek hen wantrouwig. 'Hebben jullie weer over me zitten roddelen?'

Sprotjes moeder gaf hem een kus. 'Nee hoor, we hebben geen woord over je gezegd, niet één klein woordje!' antwoordde ze.

Sprotje had een hekel aan winkelen. Ze vond het stomvervelend om winkel in, winkel uit te lopen en in een of ander pashokje een slecht zittende broek aan te trekken. Soms nam Roos haar mee, of Melanie, als ze vonden dat hun Opperkip nog iets anders nodig had dan een versleten spijkerbroek en een rijbroek met knieën erin. Melanie probeerde telkens weer om Sprotje enthousiast te krijgen. In haar ogen was er niets leukers op de wereld dan honderden kledingrekken af te zoeken naar dat ene speciale T-shirt, maar Sprotje zou het altijd tijdverspilling blijven vinden.

Ze voelde zich helemáál rot in winkels waar ze je zodra je binnen was kwamen vragen wat ze voor je konden doen. Deze winkel was er zo een. De lucht achter de zware deur rook nog zoeter dan het parfum waarmee Melanie zich besproeide als ze een afspraakje had. Ze waren de enige klanten en de verkoopster had hen blijkbaar al verwacht. Sprotje ging op een van de met rode stof beklede stoelen zitten die met de rug naar de etalage stonden en bekeek de als bruid aangeklede

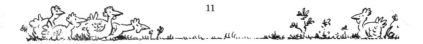

poppen, terwijl de verkoopster met haar moeder en de betweter door de winkel liep.

Sprotje zuchtte. Melanie zou haar niet met rust laten voor ze haar elk strikje precies beschreven had. Verveeld boog ze zich over de rugleuning van haar stoel en streek over de jurk van de blonde etalagepop. Wat voelde die stof stijf aan. Sprotje kon Melanies stem al horen: hoe lang was de rok, Sprotje? Hoe diep het decolleté? Vertel nou. De andere Wilde Kippen zouden niet half zo geïnteresseerd zijn, integendeel – Lisa zou er grapjes over maken, Roos zou afwezig voor zich uit staren en waarschijnlijk aan Mike, haar vriend, denken en Kim, ja, Kim zou vast weer zo'n hemelse blik in haar ogen krijgen en iets verzuchten als 'o, wat romantisch'.

'Sprotje!'

Sprotje schrok op uit haar gedachten. Haar moeder stond voor haar, in een sneeuwwit geval met ruches en roosjes aan de mouwen, terwijl de verkoopster met een opgeplakt lachje op haar gezicht om haar heen draaide en de jurk rechttrok. Ze deed Sprotje denken aan de scharrelende kippen in hun ren bij de caravan, het clubhuis van de Wilde Kippen. Als je ze paardenbloemen gaf, trippelden ze net zo druk om je heen als deze verkoopster nu bij Sprotjes moeder deed.

'Nou, ik vind het prachtig!' De betweter liet zich op de stoel naast Sprotje vallen. Hij keek haar moeder gelukzalig aan, alsof hij hoopte dat ze die domme witte jurk nooit meer uit zou trekken.

'Ik meen het!' zei hij met nadruk. 'Je ziet er schitterend uit, Sylvia, adembenemend. Vind je ook niet?' Hij porde Sprotje met zijn elleboog in haar zij. De verkoopster trok een laatste

plooi recht en deed een stap achteruit. Ze glimlachte zelfvoldaan, alsof er op de hele wereld geen belangrijker werk bestond dan vrouwen in een trouwjurk hijsen.

'Tja, ik weet het niet,' mompelde Sprotje. De verkoopster bestrafte haar gebrek aan enthousiasme met een ijzige blik, maar daardoor liet Sprotje zich niet uit het veld slaan. 'Nee,' ging ze onbewogen verder. 'Op een of andere manier ben je niet jezelf in dat ding.'

'Dat is nu juist de bedoeling van een trouwjurk, lieve kind,' zei de verkoopster met een zuinig mondje. Haar lippenstift paste precies bij haar nagellak. 'De jurk betovert haar draagster, waardoor ze straalt als op geen enkele andere dag in haar leven.'

Sprotjes moeder bekeek zichzelf ongemakkelijk.

'Ik vind helemaal niet dat ze straalt,' zei Sprotje. 'Ik vind dat je eruitziet als een pop, mam.'

Het kostte de verkoopster moeite om haar glimlach vast te houden. Hij hing nog net aan een van haar mondhoeken. Sprotjes moeder fronste haar voorhoofd, liep naar de dichtstbijzijnde spiegel en keek er kritisch in. 'Ja, dat vind ik eerlijk gezegd ook,' zei ze uiteindelijk met een zucht. 'Laten we een andere proberen.'

Ze paste nog zeven andere jurken, en over niet één waren zij en de betweter het eens: de ene keer vond Sprotjes moeder de jurk mooi en hij niet, de andere keer vond hij hem prachtig en schudde zij alleen maar afkeurend haar hoofd. Met elke afgekeurde jurk zakte het gemaakte lachje van de verkoopster nog een beetje verder weg, en toen er een nieuwe klant de winkel in kwam deed ze het lastige stel opgelucht aan een col-

13

lega over. Het werd later en later. Fred en Roos waren vast al op weg naar de bioscoop.

Toen de tweede verkoopster bedacht dat de dochter van de aanstaande bruid best alvast een paar mooie bruidsmeisjes-jurken kon passen, hield Sprotje het niet meer uit op haar ro-de stoel.

'Mam, ik moet ervandoor!' zei ze zonder op de smeken-de blik van haar moeder te letten. 'Fred staat al minstens een kwartier te wachten.' Met die woorden rende ze de winkel uit. Buiten haalde ze eerst eens diep adem. Het was of ze de ge-parfumeerde lucht uit de winkel nog op haar tong proefde. Door de etalageruit wierp ze een laatste blik op haar moeder, die met een ongelukkig gezicht haar armen in een stel pof-mouwtjes stak. De betweter stond intussen op haar in te pra-ten.

Nooit! dacht Sprotje, terwijl ze in looppas op weg ging naar de bioscoop. Nooit krijgen ze me in zo'n jurk. Als ik ooit trouw – en van de gedachte alleen al kreeg ze hoofdpijn – dan ga ik gewoon in mijn rijbroek. Dan voel ik me tenminste niet alsof ik verkleed ben.

Van de bruidsmodewinkel was het nog geen tien minuten lopen naar de bioscoop waar Fred altijd het liefste heen ging, maar toen Sprotje er buiten adem en met gruwelijke steken in haar zij aankwam, was er geen spoor van Fred te bekennen. Eén akelig moment lang dacht ze echt dat hij en Roos zonder haar naar binnen waren gegaan, tot iemand van achteren zijn handen voor haar ogen sloeg en fluisterde: 'Hallo, Opperkip, ben je weer eens te laat?' Wat deed het haar goed om Freds gezicht weer te zien, na al die tule en al dat kant.

'Waar is Roos?' Sprotje keek zoekend rond.

'Die houdt de stoelen bezet,' antwoordde Fred terwijl hij haar mee naar binnen trok. In de foyer hing de warme, vettige geur van popcorn en de posters aan de muren maakten nieuwsgierig naar de beelden die al in het donker op hen wachtten. Zo vreselijk als Sprotje het vond om door overvolle winkels te schuifelen, zo heerlijk was het om naar de film te gaan. Soms droomde ze ervan om een hele week achter elkaar in zo'n zachte pluchen stoel te zitten, te wachten tot het licht doofde, het gordijn openging en dan van de ene film in de andere te glijden.

Fred bestelde een extra grote zak popcorn. 'En? Heeft je moeder haar trouwjurk?' vroeg hij.

'Welnee. Wat zij mooi vond, vond de betweter niet mooi en omgekeerd. Hoe komen ze eigenlijk op het idee dat ze zo goed bij elkaar passen dat ze moeten trouwen? Ze vinden niet eens dezelfde jurken mooi! Ik kan niks bedenken wat ze allebei wél mooi vinden. Ze kunnen geen film kijken zonder dat een van beiden in slaap valt. Ze houden niet van dezelfde muziek, en als ze op vakantie willen worden ze het er niet over eens waarheen.'

'Ja, zo gaat dat. Tegenpolen trekken elkaar aan. Ik draag ook geen rijbroek, alleen omdat jij er dag en nacht in rondloopt.'

Sprotje probeerde haar elleboog in zijn zij te planten, maar Fred ontweek haar lachend en liet de vrouw die verveeld voor zaal 3 stond hun kaartjes zien.

Het was al donker in de zaal, maar gelukkig was de reclame nog bezig. Sprotje had er een hekel aan om het begin van een film te missen.

Roos zat op de een na achterste rij op hen te wachten. Natuurlijk. Fred kocht altijd kaartjes voor een van de achterste rijen. Sprotje zat liever vooraan, helemaal vooraan, waar het doek zo groot was dat het je bijna opslokte, maar Fred had een voorkeur voor de zoenrijen, zoals hij ze noemde.

'En, hoe was het?' fluisterde Roos toen Sprotje in de stoel naast haar plofte.

'Hou op! Je wilt niet weten hoe...' Sprotje hield abrupt op met praten. In het donker was het haar eerst niet eens opgevallen: Roos had heel kort haar, zo kort als dat van een jongen

– zelfs Freds rode vossenhaar was langer.

'Kijk niet zo!' Roos grinnikte verlegen. 'Het staat wel goed, toch?' Maar ze keek Sprotje nu toch een beetje ongerust aan.

'Wanneer heb je dat laten doen?' Die ochtend op school had Roos nog lang haar gehad. Net zulk lang haar als Sprotje.

'Voel eens,' zei Roos. 'Lekker hè?'

Sprotje ging met haar hand over het donkere haar. 'Het voelt aan als hondenhaar,' stelde ze vast. 'Of als geweekte egelstekels.'

Roos lachte. 'Fred heeft het geknipt. Je had mijn moeder moeten zien kijken toen ik mijn kamer uit kwam. Maar het is haar eigen schuld. Ik heb wel honderd keer gezegd dat ik naar de kapper wilde om mijn haar kort te laten knippen, maar ik mocht nooit van haar.'

Sprotje keek ongelovig naar Fred.

'Tja, ik heb verborgen talenten, Opperkip,' fluisterde hij in haar oor. Hij graaide in zijn zak popcorn en stopte tevreden een handvol in zijn mond.

'Nu begrijp ik waarom je nog geen spat beter bent in wiskunde. Dat hoef je niet te kunnen om haren te knippen.' Sprotje kon het niet voor zich houden, hoewel ze het zelf een flauwe opmerking vond, al terwijl ze het zei. Aan de andere kant... Roos was dan wel haar beste vriendin, zeker, haar aller-, allerbeste altijd-en-eeuwigvriendin, maar ze waren al eens eerder op dezelfde jongen verliefd geweest en dat had Sprotje het eerste hartzeer van haar leven bezorgd. Dat wilde ze niet nog een keer meemaken. En Mike, de vriend van Roos, was heel ver weg, ze zagen elkaar maar om het weekend...

'Hé, klonk dat soms een tikje jaloers?' Fred fluisterde zo zacht in Sprotjes oor dat alleen zij zijn woorden verstond. Hij graaide weer in de zak en stopte een handje popcorn in haar mond. 'Ik val niet op vrouwen met donker haar, weet je nog?' zei hij. 'Bovendien wil Roos alleen maar jongens die paardrijden als een dolle. En dat...' hij haalde spijtig zijn schouders op, '...dat is helaas niet een van mijn ontelbare, onwaarschijnlijke talenten.'

Sprotje moest lachen. Zo deed Fred dat altijd. Elke last, al was hij nog zo zwaar, kon hij van haar ziel tillen, alleen met dat scheve lachje van hem. Ze voelde zich zo dom, vooral toen ze zag hoe gekwetst Roos aan haar nieuwe korte haar zat te frunniken.

'Sorry,' mompelde ze. Ze zette haar knieën tegen de stoel voor haar. 'Ik ben een beetje raar in mijn hoofd door dat hele trouwerijgedoe. Ik weet ook niet...'

Gelukkig was de film, die na nog eens twintig eindeloze minuten reclame en 'binnenkort in deze bioscoop' begon, zo spannend dat Sprotje even alles vergat: al die 'hoe moet dat nou als de betweter echt bij ons intrekt?'-gedachten, al die 'waarom trouwt ze nou weer meteen met hem?'-vragen. Zelfs Fred volgde de gebeurtenissen op het doek zo geboeid dat hij helemaal vergat waarom hij kaartjes voor de een na achterste rij had gekocht, en toen het licht weer aanging hadden ze alle drie even tijd nodig om terug te keren naar wat meestal de echte, gewone wereld wordt genoemd.

Fred was de eerste die opstond en de popcornkruimels van zijn trui klopte. 'Kijk nou eens!' zei hij toen ze zich door het gedrang in de foyer een weg naar de uitgang baanden. 'Zie ik

daar niet nog een Wilde Kip? Gaven ze vandaag speciale Kippenkorting of is de bioscoop tegenwoordig jullie clubhuis?'

Het was Lisa die hij in het oog had gekregen. Ze stond bij de popcornautomaat. Freds club, de Pygmeeën, noemde haar altijd de Pistolenkip, omdat onder Lisa's spijkerjasje, dat ze in weer en wind aanhad, altijd een waterpistool zat. Lisa was later dan de andere vier Kippen bij de club gekomen en nam sindsdien met voorliefde en grote handigheid alle spionagetaken op zich. Als er iets over de Pygmeeën moest worden uitgevogeld – want Fred zei tegen Sprotje natuurlijk geen stom woord over de clubzaken van de jongens – ging Lisa op onderzoek uit. De andere Kippen hadden regelmatig het vermoeden dat ze zich onzichtbaar kon maken, zo makkelijk ging het haar af om de geheimen van de jongens af te luisteren. Maar de laatste maanden was ze meer met de toneelclub op school bezig dan met Pygmeeëngeheimen. Roos en Sprotje vonden allang niet meer dat Pygmeeën pesten het spannendste ter wereld was, en inmiddels was ook Lisa tot dit inzicht gekomen. 'Worden we toch nog volwassen,' had ze op de laatste bijeenkomst van de Wilde Kippen gezegd, en ze had er oprecht verbaasd bij gekeken, alsof ze er zeker van was geweest dat dit lot haar bespaard zou blijven.

'Met wie staat ze daar nou te praten?' vroeg Roos, die achter Fred en Sprotje aan naar de bar schuifelde. Lisa was zo druk in gesprek dat ze Fred en haar collega-Kippen nog steeds niet zag. Melanie zou reuze teleurgesteld zijn geweest. Het was geen jongen die daar naast de Pistolenkip stond, maar een meisje uit de parallelklas: Margot, die bij Lisa op de toneelclub zat. Ze studeerden op het moment een nieuw stuk

in, natuurlijk weer iets van Shakespeare. De lerares die de toneelclub leidde moest niets van andere toneelschrijvers hebben, ook al had ze daarmee al een flink aantal kinderen weggejaagd. Shakespeare was namelijk helemaal niet zo makkelijk uit je hoofd te leren. Maar Lisa deed het met het grootste plezier van de wereld. Sprotje wist niet precies welk stuk ze nu aan het repeteren waren. Als ze het zich goed herinnerde, heette het *Zoals u wilt* of *Wat u bevalt*. Of zoiets.

Fred viste het laatste stukje popcorn uit de zak, mikte zorgvuldig en gooide het naar Lisa's hoofd. Lisa draaide zich geschrokken om, alsof ze de straal van haar eigen waterpistool in haar gezicht had gekregen.

Fred wrong zich tussen twee jongetjes door, die nog niet eens tot aan zijn navel kwamen. 'Zo, Pistolenkip!' riep hij. 'Voor de verandering eens niet op je hoede? En dan ook nog op pad met een niet-Kip?'

Kennelijk zag Lisa dat inderdaad als een middelzwaar misdrijf, want ze keek Sprotje en Roos schuldbewust aan, alsof ze verwachtte dat de vriendinnen haar ter plekke uit de club zouden gooien.

'Wat, eh... doen jullie nou hier?' stamelde ze. 'Ik dacht dat Sprotje vandaag naar trouwjurken ging kijken.'

'Dat is ook zo.' Fred sloeg een arm om Sprotjes schouders en aaide haar over haar hoofd. 'Daarna was ze er verschrikkelijk aan toe en moesten Roos en ik haar eerst weer opbeuren.'

Lisa knikte afwezig en keek net zo geschokt naar het nieuwe haar van Roos als Sprotje eerder had gedaan. 'Wat heb je nou gedaan? Al dat mooie haar! Ik had een vinger afgehakt voor zulk mooi haar.'

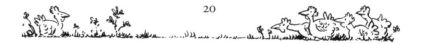

Roos haalde haar schouders op. 'Tja,' zei ze. 'Als ik dat had geweten, had ik het voor je bewaard. Maar nu ligt het in de vuilnisbak.'

Het meisje naast Lisa had de hele tijd zwijgend tegen de bar gestaan, zuigend op haar rietje. Nu zette ze haar flesje cola weg en legde een hand op Lisa's schouder. 'Ik moet gaan,' zei ze. 'Ik zie je later.' Ze knikte naar Fred en de andere Kippen en verdween in de nog steeds stampvolle foyer.

'Margot en ik spelen samen toneel, maar dat wisten jullie al,' verklaarde Lisa. 'Ze is hartstikke goed. En we zijn erachter gekomen dat we van precies dezelfde films houden.'

'Ze ziet er ook hartstikke goed uit!' constateerde Fred. 'Echt, helemaal niets mis mee.'

Lisa bekeek hem met een vies gezicht, alsof er opeens hoorntjes uit Freds rode haar groeiden. 'Het wordt tijd dat Sprotje jou eens wat beter opvoedt,' zei ze vol verachting. 'Ik kijk toch ook niet zo naar jullie? Ik zeg toch ook niet zulke domme dingen over jullie?'

'Van mij mag je hoor, Pistolenkip!' zei Fred met een spottende buiging. 'Ik vind het helemaal niet erg om nagefloten te worden.'

Om zoveel mannelijke ijdelheid kon Sprotje alleen maar zuchten.

Fred bracht Sprotje en Roos allebei naar huis; tenslotte woonden ze maar een paar huizen bij elkaar vandaan. 'Doe je moeder de groeten van me,' zei hij tegen Sprotje, voor hij weer op zijn fiets sprong. 'En zeg maar dat ze dat met die trouwjurk een beetje ruimer moet zien. Rood of zwart staat haar vast veel beter dan wit.'

Dat ga ik dus echt niet zeggen! dacht Sprotje, terwijl ze in haar rugzak naar haar huissleutel zocht. Sinds het over trouwen ging, had ze vaak genoeg een verkeerde opmerking gemaakt.

In de hal was het koud, tussen de dichte deuren was van de lente niets te merken. Waarom schilderen ze het trappenhuis niet eens een keertje? Misschien geel of blauw, dan zou het er veel gezelliger uitzien, dacht ze, toen ze de deur van hun flat openmaakte. Blauw.

Bij het woord 'blauw' verlangde Sprotje onmiddellijk naar de caravan waarin de Wilde Kippen hun clubhuis hadden.

Op de gang brandde geen licht, maar uit de woonkamer kwam het geluid van schoten en Amerikaanse politiesirenes. Met een diepe zucht hing Sprotje haar jas aan de kapstok.

Aha. Haar moeder en de betweter hadden ruzie gehad. Kon niet missen. Altijd als Sprotjes moeder ruzie met iemand had gehad, of het nu een klant op de taxi, Sprotjes oma of een van haar vriendjes was, ging ze actiefilms zitten kijken. De een na de ander. 'Daar word ik nou eenmaal rustig van!' zei ze als Sprotje er de draak mee stak.

Ze had niet eens de lampen aangedaan, alleen de televisie flikkerde en dompelde alles in een blauw schemerlicht. Sprotjes moeder zat met opgetrokken benen in haar lievelingsstoel (die de betweter verschrikkelijk vond) van een glas rode wijn te nippen. De fles op tafel was al halfleeg.

'Hoi, mam!' zei Sprotje, hard genoeg om boven al dat geschiet uit te komen.

Van schrik kieperde haar moeder bijna haar wijn over haar T-shirt. 'Jij bent het!' zei ze, alsof ze iemand anders had verwacht.

'Waar is Mosterman?' Sprotje had haar moeder op een dag moeten beloven haar aanstaande geen betweter meer te noemen, dus was ze op zijn achternaam overgegaan. Maar in haar hart, en als ze met Fred of haar vriendinnen praatte, bleef hij de betweter, voor eeuwig en altijd.

Haar moeder staarde naar de televisie.

'We hebben ruzie gehad,' mompelde ze. Ze greep naar de fles en schonk zichzelf bij. 'Ik kon gewoon niet kiezen! Mijn hemel, die jurken kosten meer dan ik in een halfjaar voor ons samen uitgeef, en je draagt ze maar één keer! Hij zei natuurlijk dat hij het wel wilde betalen, maar daar beginnen we mooi niet aan. Nee. Hoe dan ook... nu wil hij nog met me naar een andere winkel. Mij best hoor. We hebben het uitein-

delijk wel weer goedgemaakt, maar je weet, hij houdt niet van actiefilms. Hij gaat er alleen maar urenlange preken over zitten houden, en ik heb het vanavond gewoon nodig.'

Met een ongelukkig gezicht zette ze haar glas op tafel. 'Verdomme! Nou heb ik ook nog koppijn van die wijn. Van rode wijn krijg ik altijd koppijn.'

Op televisie was een van de hoofdrolspelers flink de klos.

'Wat een ellende!' mompelde Sprotjes moeder. Ze zette de dvd-speler uit en knipte de staande lamp naast haar stoel aan.

'Hoe was jouw film?' Vragend keek ze Sprotje aan. Ze probeerde zelfs een beetje te lachen.

Sprotje ging op de bank zitten en gaapte. 'Leuk!' zei ze. 'Heel leuk. Die zou jij ook moeten zien.'

Haar moeder knikte afwezig. 'En verder? Nog nieuws?'

'Roos heeft stekeltjeshaar.'

'Echt?'

'Ja, het staat wel een beetje raar. Maar het zal wel wennen. O ja, en we kwamen Lisa nog tegen, ze was met Margot naar de film. Die twee zijn heel dik met elkaar de laatste tijd, Mel is al bang dat Lisa een Wilde Kip van haar wil maken.'

'Nou en? Waarom niet?'

'Ik weet niet. Vijf is eigenlijk wel genoeg.' Wij tweeën waren ook genoeg, voegde Sprotje er in gedachten aan toe. Sinds die betweter nummer drie is, is er alleen maar gedonder.

Haar moeder keek haar aan alsof ze haar gedachten gehoord had.

'Ik word er niet jonger op, Sprotje,' zei ze opeens.

'Wat bedoel je daar nou weer mee?'

Haar moeder nam nog een slok wijn, ondanks de hoofd-pijn. 'Daar bedoel ik mee dat jij op een dag het huis uit gaat en dat ik hier dan in mijn eentje zit en aan het eind net zo maf word als je oma.'

'Echt niet!'

'Zij is ook niet altijd zo geweest.'

'Daar geloof ik niks van.'

Haar moeder lachte. 'Je hebt gelijk,' zei ze. 'Eigenlijk was ze altijd al zo. Zo lang als ik haar ken wel, in elk geval. Maar toch... het is niet goed om te lang alleen te zijn. Daar word je een beetje gek van.'

'Freds opa is ook al heel lang alleen en toch is hij niet gek.'

Haar moeder haalde haar schouders op, dronk haar glas leeg en zette het op tafel.

'Trouwens...' Sprotje deed haar best om de goede woor-den te kiezen, '...ik zeg ook niet dat je Mosterman eruit moet knikkeren. Ik bedoel alleen... waarom moet je per se met hem trouwen?'

Haar moeder legde haar hoofd tegen de rugleuning en tuurde naar het plafond. 'Je vader en ik... wij waren ook niet getrouwd. Later misschien, zeiden we. En toen kwam er geen later.'

Sprotje wist zeker dat ze het niet goed gehoord had. *Je va-der?* Haar moeder praatte nooit over haar vader. Ze hadden niet eens een foto van hem, in elk geval had ze er nog nooit een gezien.

Het duurde even voor ze de schok verwerkt had. Toen zei ze (en het lukte haar zowaar om onverschillig te klinken): 'Zie je wel? Daar heb je het dus al. Trouwen heeft helemaal geen zin.'

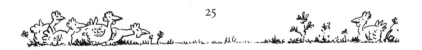

Haar moeder deed haar ogen dicht. 'O god, wat is dit ingewikkeld,' mompelde ze. 'Niemand heeft me ooit verteld dat
het zo ingewikkeld zou zijn. Weet je wat Rubens lievelings-
film is?'

Ruben, zo heette de betweter. Hij wilde altijd dat Sprotje
hem bij zijn voornaam noemde, maar dat vond Sprotje om
een of andere reden te vertrouwelijk.

'Iets met auto's?' vroeg Sprotje.

Haar moeder grinnikte. 'Precies. Die film met die pratende
auto, je weet wel...'

'O god!' kreunde Sprotje. De betweter was nog verder heen
dan ze dacht.

De volgende dag op school moest Sprotje aan één stuk door Kims vragen over de trouwjurk beantwoorden. Melanie was er niet.

'Balen!' zei Kim toen ze in de grote pauze met z'n allen op het schoolplein stonden. 'Ik wilde jullie eigenlijk vragen om vanmiddag naar de caravan te komen. Ik heb een camera van mijn vader gekregen en ik wilde foto's maken, van ons en van de kippen en zo...'

Sinds hij van haar moeder gescheiden was en met een andere vrouw samenwoonde, kreeg Kim vaak cadeaus van haar vader. 'Ja ja, zo'n schuldgevoel kun je mooi uitbuiten,' zei Melanie dan altijd, maar zelfs zij wist dat Kim al die cadeaus onmiddellijk in zou ruilen als ze daarmee de tijd terug kon draaien en haar vader weer thuis kwam wonen. En dat terwijl hij altijd iets over haar gewicht, haar kleren en haar uiterlijk te zeuren had gehad.

Kim hield van haar vader, al had hij die liefde nergens mee verdiend, zoals Lisa altijd onderstreepte. 'Ach, Lisa,' had Roos op een keer wijs opgemerkt, 'liefde is op deze wereld al net zo oneerlijk verdeeld als regenwater. De een krijgt er veel te veel

van en de ander veel te weinig.' Lisa had die uitspraak op een vel papier geschreven, in een zilveren lijstje gestopt en naast de deur van de caravan gehangen. Bij de foto's van alle Kippen.

'Ik vind dat we toch maar bij elkaar moeten komen, ook zonder Mel,' zei Sprotje. 'Het is tenslotte vrijdag: geen huiswerk, weekend, lekker weer... En Roos heeft ook nog een nieuw wafelrecept. Als ze met dat korte haar tenminste nog bakken kan.'

Voor die laatste opmerking begon Roos haar te kietelen en Fred kwam Sprotje niet te hulp, hoewel hij maar een paar meter verderop met de andere Pygmeeën aan het voetballen was. Mat was de enige boskabouter die niet met die vieze leren bal in de weer was. Mat stond, zoals in elke pauze de afgelopen dagen, midden op het plein en goed zichtbaar zijn nieuwe vlam te zoenen. Roos genoot van de aanblik, want eindelijk was ze van zijn liefdesbrieven verlost. Mats nieuwe liefde leek trouwens wel verdacht veel op haar, tot haar kapsel aan toe.

Lisa ging demonstratief met haar rug naar het tweetal toe staan. 'Tjonge, dat ze geen zere lippen krijgt,' mompelde ze. Hier had Melanie vast en zeker iets op te zeggen gehad, maar Melanie was er niet.

'Laten we Mel gewoon even bellen,' stelde Roos voor. 'Als ze het woord foto's hoort is ze zo weer op de been, wedden? Wie weet, misschien is ze alleen maar ongesteld, daar is ze toch altijd minstens twee dagen beroerd van?'

Roos had gelijk. Toen Sprotje tegen vier uur bij de caravan kwam, stond Melanies fiets al naast die van Kim en Roos te-

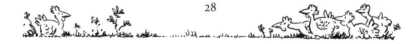

gen de heg. Alleen die van Lisa was nog nergens te bekennen.

Sprotje had de hond van haar oma bij zich. Oma Bergman, door de Wilde Kippen ook wel Lucky Luke genoemd, had al weken zo'n pijn in haar heupen dat ze met Bella de deur niet meer uit kwam. De hond was zo blij geweest toen Sprotje met haar fiets voor het tuinhek stopte dat ze van verrukking bijna Sprotjes neus eraf had gebeten, en op weg naar de caravan was ze een paar keer opgesprongen en had ze Sprotje bijna van haar fiets gekust.

Het landje aan de rand van het bos, waarop de caravan van de Kippen stond, was in deze tijd van het jaar extra mooi. Er bloeiden ereprijs en paardenbloemen, in het moestuintje dat Roos afgelopen herfst had aangelegd kwam de eerste sla al op en het verse groen van de bosuitjes stak af tegen de donkere, pas geschoffelde aarde.

Toen Sprotje met Bella het grasveld overstak, was Roos net haar kruidentuin aan het harken. Hoewel de nachten nog behoorlijk koud waren, liep het bonenkruid al uit. De rozemarijn had de strenge winter goed doorstaan en de lavas, die, zoals hij het graag had, een beetje verderop in een schaduwrijk hoekje onder de bomen groeide, was krachtiger dan die in de tuin van oma Bergman.

'Moet je die stomme kippen nou toch horen!' mopperde Roos toen Sprotje naast haar stond. 'Weet je hoeveel sla ik al in de ren gegooid heb? Maar ze staan nog steeds te kakelen alsof ze de hongerdood nabij zijn. Misschien moeten we Bella een tijdje met ze laten spelen.'

Bella keek naar de kippen en ging met haar tong langs haar snuit.

'Dat is niet zo'n kipvriendelijk idee, vind ik,' zei Sprotje. 'Hebben ze soms weer iets van je opgegeten, dat je zo boos op ze bent?'

'Inderdaad!' Roos stond op en veegde haar met aarde besmeurde handen af aan haar broek. 'Ik had stambonen voorgetrokken, malse kleine stamboontjes, en ik had de potjes in de zon gezet. Ga maar kijken! Ze staan voor de caravan. Van de helft is alleen nog een afgekloven stengeltje over. Pavlova en Isolde zijn over het gaas gefladderd. Ik heb altijd al gezegd dat we het hoger moesten maken!'

Roos keek sip naar de afrastering van gaas. Ze ging met een hand door haar korte haar en wierp een sombere blik op haar pas geharkte moestuintje.

'Wat is er aan de hand? Er is nog iets. Behalve die opgegeten bonen.' Sprotje kende Roos beter dan ze zichzelf kende.

'Mike kan dit weekend niet komen. Hij heeft een of ander ruitertoernooi. We hebben elkaar al drie weken niet gezien.'

Sprotje maakte Bella's lijn los. De hond sprong op de kippenren af en de dieren begonnen nog harder te kakelen. Sprotje sloeg een arm om Roos' schouders.

'Volgend weekend komt hij vast weer,' zei ze. 'Je moet gewoon tegen hem zeggen dat je niet eens meer weet hoe hij eruitziet, en als hij niet uiterlijk vrijdag voor je deur staat, ga ik je aan Freds broer koppelen, zeg dat ook maar.'

'Fred heeft helemaal geen broer.'

'Dat weet Mike niet.'

Roos moest lachen, maar ze liet haar hoofd nog steeds hangen. Zo ging het nu al een jaar: Mike komt, Mike komt niet. In het begin hadden Melanie en Lisa gewed hoe lang deze week-

endrelatie zou duren, maar intussen was Melanie weer alleen en Roos en Mike waren nog steeds bij elkaar.

'Hij heeft foto's gestuurd, van de paarden,' zei Roos. 'Ze liggen in de caravan. Kom mee, dan laat ik ze zien.'

Zij aan zij slenterden ze naar hun clubhuis. Sprotje vond dat het elke dag een beetje mooier werd. De blauwe verf, die Kims vader lang geleden op de caravan had gesmeerd, bleek weliswaar niet zo goed bestand tegen vochtige winters, en de meeste sterren en planeten die hij er zo zorgvuldig op had geschilderd waren door de Kippen al minstens één keer opnieuw ingekleurd, maar toch was er in Sprotjes ogen op de hele wijde wereld geen mooiere caravan te vinden. Sinds kort zaten er glow-in-the-darksterren boven de deur. Roos had ze meegebracht, en als je er 's avonds met een zaklamp op scheen, was het echt een prachtig gezicht.

Melanie en Kim zaten met hun hoofden dicht bij elkaar op het trappetje voor de deur. Ze waren zo druk bezig een filmpje in Kims nieuwe camera te stoppen dat ze niet eens opkeken toen Roos over hen heen stapte.

Sprotje ging achter Roos aan en zei in het voorbijgaan: 'Jeetje, Mel! Hoeveel kilo make-up heb je wel niet op je gezicht? Dat is helemaal niet goed voor je puistjes, als je het mij vraagt.'

'Maar ik vraag het je niet!' snauwde Melanie.

Het was nu vier weken geleden dat Willem, die net zo bij de Pygmeeën hoorde als Fred, het met Mel had uitgemaakt, om een meisje dat vier jaar ouder was dan hij. Melanie vertelde aan wie het maar horen wilde, en ook aan wie het niet horen wilde, dat haar opvolgster niet half zo mooi was als zij, dat

haar haar de kleur had van muizenvel, dat ze er altijd uitzag alsof ze net uit bed kwam, dat Willem de hele tijd met knalrode lippenstift in zijn gezicht op school zat – en dat het haar niets kon schelen dat hij het had uitgemaakt. Ja, vooral dat laatste zei ze heel vaak. 'Integendeel, eerlijk gezegd ben ik blij dat het uit is,' verkondigde ze dan op samenzweerderige toon. 'Het begon toch wel een beetje saai te worden.'

Sommige mensen geloofden haar, maar haar beste vriendinnen kon ze natuurlijk niets wijsmaken. De Wilde Kippen vonden dat er een scheurtje in Melanies hart zat sinds Willem met iemand anders zoende, en ze gingen heel behoedzaam met haar om. Ook al stond ze elke grote pauze met vijfdeklassers te flirten en had ze om de haverklap afspraakjes.

Ze keek door Willem heen alsof hij van glas was – wat niet zo makkelijk is als je in dezelfde klas zit. Maar vaak, als ze dacht dat niemand op haar lette, dwaalde Melanies blik naar het tafeltje waaraan Willem en Fred zaten, en Willem liep donkerrood aan zodra hij haar zag kijken en boog zich over zijn boek alsof er op de hele wereld niets boeienders bestond. Fred beweerde dat Melanie minstens één keer per week Willems fietsbanden lek stak en dat ze zijn nieuwe vriendin een paar behoorlijk hatelijke briefjes had geschreven. Sprotje ontkende dat natuurlijk in alle toonaarden – ook in tijden van nood en liefdesverdriet moeten Wilde Kippen immers voor elkaar opkomen – maar ze kon zich heel goed voorstellen dat Melanie geen al te sportieve verliezer was. Wat dat betreft was ze het met Lisa eens. 'Als we in de tijd van Shakespeare leefden,' zei die toen Willem definitief voor zijn nieuwe vriendin koos, 'dan zou Mel haar rivale ter plekke vermoorden. Met

een heel langzaam werkend en heel pijnlijk vergif.'

Ja, dat kon Sprotje zich maar al te goed voorstellen. Het was geen pretje om Mel als vijand te hebben. Het was niet eens altijd een pretje om haar vriendin te zijn, zeker niet als ze liefdesverdriet had.

'Hé Roos!' riep Mel toen Sprotje en Roos al bijna in de caravan waren verdwenen. 'Mooie foto's die Mike je daar gestuurd heeft. Wie is dat meisje dat op die ene foto naast hem staat?'

Roos gaf er geen antwoord op. Zonder iets te zeggen pakte ze de foto's van het tafeltje, waaraan ze altijd theedronken, en gaf ze aan Sprotje. Op een van de foto's stond inderdaad een onbekend meisje naast Mike, maar dat was niet zo bijzonder, tenslotte had zijn moeder een manege. De Wilde Kippen waren er in de herfstvakantie geweest en sindsdien waren Mike en Roos een stel. De meeste paarden op de foto's kende Sprotje wel. Op twee ervan had ze leren rijden, en kijkend naar de foto's verlangde ze weer hevig naar een paardenrug.

Roos staarde nog steeds naar de foto van Mike en het meisje. 'Doe niet zo dom. Als er iets was tussen die twee had hij jou die foto toch niet gestuurd!' fluisterde Sprotje haar toe. 'Trouwens, er staan ook nog andere meisjes op.'

'Ja, maar dat zijn nog ukkies, die zitten net in de kleuterklas,' mompelde Roos. 'Ze is best knap hè?'

'Jij bent tien keer zo knap!' Sprotje griste de foto uit haar vingers. Toen voegde ze er met een grijns aan toe: 'Ondanks dat rare kapsel van je.'

Voor straf kneep Roos in haar neus.

'Dat korte haar staat je juist goed, vind ik!' Kim stak haar

hoofd naar binnen. 'De camera is klaar voor gebruik. Zullen we beginnen of wachten we op Lisa?' Kim deed precies het tegenovergestelde van Roos: sinds een paar maanden liet ze haar haar weer groeien. Het hing al tot op haar schouders. Ook probeerde ze aan contactlenzen te wennen, maar haar ogen zagen nog vaak verdacht rood.

'Is Lisa er dan nog steeds niet?' Sprotje liep naar het raam en keek naar het hek. Lisa was anders bijna altijd de eerste als ze bij de caravan hadden afgesproken.

'Misschien heeft haar moeder weer eens bedacht dat ze véél te weinig tijd aan haar huiswerk besteedt.' Melanie sprong van het trappetje en begon te poseren. 'Wat vind je hiervan, Kim?' vroeg ze. 'Of zo?'

Kim haalde haar schouders op en keek door de zoeker. 'Wat jij wilt. Onder de foto schrijven we dan: "Kip zonder kop, heel zeldzaam."'

'Nou, bedankt hoor!' Melanie sloeg beledigd haar armen over elkaar. 'Wat wou je eigenlijk met die foto's doen?'

Kim haalde nog een keer haar schouders op en drukte af op het moment dat Melanie bezorgd aan een pukkel op haar kin voelde. 'Dat is nog geheim.'

Kim maakte net een foto van Roos naast haar kruiden-tuintje toen Lisa over het hek sprong. Bella rende blaffend op haar af en beet van blijdschap bijna haar oor eraf. 'Sorry!' riep Lisa. 'Het spijt me echt, maar we hebben zaterdag repeti-tie en ik moest nog een ellenlange monoloog uit mijn hoofd leren.'

Roos kon een diepe, jaloerse zucht niet onderdrukken. Vorig schooljaar had zij ook nog toneelgespeeld, ze was Ju-

lia geweest in *Romeo en Julia*, maar de toneelclub repeteerde meestal op zaterdag en Roos kon vaak niet omdat ze naar Mike ging of hij bij haar was. Sprotje wist zeker dat Roos het toneelspelen miste. Ze was er gewoon te goed in geweest.

'Geeft niet hoor!' zei Melanie spottend, terwijl Lisa haar gezicht door Bella liet aflebberen. 'Als je maar niet gaat vertellen waar dat stuk van jullie over gaat. Ik begrijp er toch geen bal van, al die verwikkelingen, de mannen zijn eigenlijk vrouwen en de vrouwen zijn mannen...'

'Maak je geen zorgen,' antwoordde Lisa. 'Ik zal die kleine hersentjes van je niet overbelasten. Voor iemand die altijd alleen maar soaps kijkt, is Shakespeare natuurlijk geen makkie.'

'Geen ruzie maken alsjeblieft, oké?' begon Kim ongerust. 'Ik wil nog een paar mooie foto's maken, dus jullie moeten er niet als een stelletje kemphanen bij staan.'

'Kempkippen!' verbeterde Lisa. 'Of zitten hier soms ook weer Pygmeeën?'

Vroeger had Lisa wel eens voor een strikt jongensverbod in de caravan gepleit, maar die tijd was voorbij. Sinds Steve met Lisa bij de toneelclub zat, hadden de Pygmeeën duidelijk betere kaarten. Steve, hoofdgoochelaar en amateurwaarzegger van de Pygmeeën, kwam zelfs regelmatig naar de caravan om met Lisa te repeteren of aan de hand van zijn verfomfaaide tarotkaarten, die hij altijd bij zich had, haar toekomst te voorspellen. Een paar keer had Lisa geprobeerd hem zover te krijgen dat hij haar het cijfer voor een proefwerk voorspelde, maar zulke concrete vragen weigerde Steve te beantwoorden. Tegen betaling van één euro vijftig gaf hij wel uitgebreide in-

formatie over de verre toekomst, zonder garantie uiteraard en onder strenge geheimhouding, zoals hij er altijd duidelijk bij vertelde.

Nadat Kim Lisa met haar lievelingskip Pavlova had gefotografeerd, stelden de Wilde Kippen zich op voor een paar groepsfoto's; een keertje voor de caravan, een keertje voor het kippenhok en ten slotte bij het hek, met op de achtergrond het bord dat Lisa geschilderd had: PRIVÉ, stond erop, TOEGANG VOOR VOSSEN EN BOSKABOUTERS TEN STRENGSTE VERBODEN.

'Moeten we dat bord niet een keer weghalen?' vroeg Kim op weg terug naar de caravan, waar ze het nieuwe wafelrecept van Roos wilden uitproberen. 'Ik bedoel, Fred zit hier de hele tijd, en Steve...'

'Precies, Steve!' Melanie rolde met haar ogen en knipoogde veelbetekenend naar Lisa. 'Vertel op, was je daarom vandaag zo laat? Omdat Steve gratis zijn kaarten voor je wilde leggen? Het bewijst natuurlijk wel dat je een rare smaak hebt op het gebied van jongens, maar...'

Verder kwam Melanie niet. Lisa pakte haar van achteren vast en hield haar mond dicht. 'Hou nou eindelijk eens die grote waffel van je, oké?' siste ze voor ze haar losliet. 'Gadverdamme!' Ze hield Mel haar hand voor. 'Moet je dat zien, ik heb een kilo lippenstift aan mijn vingers.'

'Nou en? Ik vroeg je toch niet om je vieze hand op mijn mond te leggen!' foeterde Melanie. Ze gaf haar zo'n harde duw dat Lisa achterover over een molshoop struikelde.

'Jij kunt je gewoon niet voorstellen dat je alleen maar goeie vrienden bent met een jongen!' snauwde Lisa terwijl ze over-

eind kwam. 'Jij zoent gewoon met alles wat een broek aan heeft.'

Melanie gaf haar een klap in haar gezicht, zo hard dat Bella, die een paar meter verderop in het gras speelde, geschrokken opkeek.

'Hé, hé, wat doen jullie nou?' Sprotje sprong tussen ze in en duwde ze met geweld uit elkaar. 'Mel, hou op met die domme opmerkingen, en Lisa, laat de lippenstift op haar mond zitten, oké?'

Lisa knikte, maar zij en Melanie verloren elkaar niet uit het oog.

'Shit, moeten we nou weer onze dag verpesten met dat geruzie?' vroeg Kim met trillende stem. De tranen stonden in haar roodomrande ogen. Kims tranen zaten altijd heel los.

'Inderdaad, ophouden daarmee!' Roos sloeg haar arm om Kims middel. 'Anders spoelen Kims contactlenzen straks het gras in en kunnen we er de rest van de dag naar zoeken.' Dat maakte Kim tenminste weer aan het lachen. Maar Melanie en Lisa stonden nog steeds boos naar elkaar te kijken.

'Dat ik met alle jongens zoen, dat neem je terug,' siste Melanie.

Lisa zei niets.

'Oké, zeg even dat ze maar met de helft van de jongens zoent,' zei Sprotje. 'Nou, toe dan.'

'Verdomme, staan jullie soms allemaal aan haar kant?' Nu had ook Melanie tranen in haar ogen. 'Ik ben weg!' riep ze, terwijl ze met trillende vingers het haar achter haar oren streek. 'Jullie kunnen me wat! Zoek maar mooi een nieuwe Kip! Misschien is die leuke nieuwe vriendin van Lisa wat,

die Margot, of hoe ze ook heten mag. Wat een aanstellerige naam trouwens, maar met haar worden jullie vast gelukkiger dan met mij.' De tranen liepen over haar wangen, de mascara vormde zwarte vlekken onder haar ogen.

Zonder nog een woord te zeggen draaide ze zich om en liep weg. Bella ging kwispelstaartend achter haar aan, want ze voelde dat er iemand getroost moest worden, maar Melanie merkte het niet eens. Ze had het veel te druk met haar tranen.

Even stonden de andere Kippen er verbluft bij; toen gingen ook Roos en Sprotje achter haar aan. Kim volgde huilend en uiteindelijk kwam ook Lisa in beweging, aarzelend en met een vuurrood hoofd. Of het van woede was of van schaamte, dat had ze zelf waarschijnlijk niet eens kunnen zeggen.

Vlak voor het hek haalden Roos en Sprotje Melanie in. Sprotje pakte haar bij een arm. Melanie rukte zich los, maar toen Roos voor haar ging staan liep ze niet weg.

'Sprotje, Lisa,' zei Roos op een toon die ze normaal voor haar broers bewaarde. 'Zeg sorry.'

Sprotje schraapte haar keel en deed wat haar gezegd werd. 'Sorry, Mel,' mompelde ze.

Lisa's verontschuldigingen lieten iets langer op zich wachten. Ze was op een afstandje blijven staan en haar 'sorry' klonk onwillig, wat haar een strenge blik van Roos opleverde.

Melanie stond met op elkaar geperste lippen naar haar nagels te turen. De nagellak bladderde hier en daar af en Melanie ging er met haar duim overheen, alsof ze de schade zo kon herstellen. 'Ik vind flirten nou eenmaal leuk,' zei ze bijna onhoorbaar. 'Dat is toch niet zo erg?'

'De jongens op school praten al over je,' zei Sprotje. 'Volgens Fred hebben ze een paar rottige bijnamen voor je.'

'Welke dan?' Melanie keek haar geschrokken aan.

Sprotje haalde haar schouders op. 'Dat wil hij niet zeggen.' Het laatste was gelogen, Fred had ze allemaal opgenoemd, maar het leek haar beter dat Melanie ze niet te horen kreeg.

'Voor Willem hebben ze vast geen rottige bijnamen,' snufte Melanie. 'Terwijl hij degene was die vreemdging.'

Kim gaf haar verlegen een papieren zakdoekje. Melanie nam het dankbaar aan en snoot haar neus.

'Kom mee.' Roos gaf haar een arm. 'Je mascara is helemaal uitgelopen, daar moeten we eerst iets aan doen, en dan gaan we eindelijk wafels eten. Volgens mij kunnen we allemaal wel een opkikker gebruiken.'

Toen Roos en Melanie langs Lisa liepen, wisten ze geen van beiden waar ze moesten kijken.

'Ik heb ook van die bijnamen gehoord,' zei Lisa. 'Mat heeft er zeker drie in omloop gebracht. Daar heb ik hem al voor op zijn gezicht getimmerd.'

'Dank je wel,' snotterde Melanie in haar zakdoekje. 'Als je hem weer een keer op zijn gezicht timmert, waarschuw me dan even, dan doen we het samen.'

Roos' wafels waren nog lekkerder dan anders. Misschien kwam het door het rumaroma dat ze door het deeg had gemengd, misschien ook gewoon doordat een bijgelegde ruzie zelfs droog brood lekker maakt.

Toen de Wilde Kippen het hek in de doornhaag achter zich dichttrokken en op hun fiets stapten, begon het al donker

te worden. Stilletjes nam het donker bezit van de hemel; de lucht voelde een stuk zachter aan dan op vorige avonden.

'We moeten weer eens een keer in de caravan slapen!' zei Kim voor ze bij de grote weg afscheid van elkaar namen. 'Met z'n allen, vinden jullie ook niet?'

'Goed idee,' zei Lisa.

Daarna fietsten ze naar huis.

Haar moeder was allang naar haar werk toen Sprotje de volgende ochtend uit bed kwam. 'Maar morgen ben ik vrij en dan maken we het gezellig,' had ze haar de vorige avond verzekerd.

Sprotje slofte slaapdronken naar de keuken. Zaterdag. Er ging niets boven zaterdagen. Zondag dacht je meestal alweer aan maandag, maar zaterdag smaakte naar lui zijn, uitslapen, kippen aaien, naar de caravan fietsen... Zaterdagen waren heerlijk, en Sprotje wilde net weer lekker met een boterham en een kop warme chocolademelk in bed kruipen toen haar met een schok te binnen schoot dat ze haar oma beloofd had vandaag in haar tuin te helpen. Hoe had ze dat nou kunnen vergeten? Ze had zo'n haast om zich aan te kleden dat ze twee keer verkeerd om in haar rijbroek stapte.

'Wat heb je nou weer aan?' begon oma Bergman zodra Sprotje het piepende tuinhek opendeed. 'Hoe kan je moeder je in vredesnaam de hele tijd in die rijbroek rond laten lopen?'

Zo begroette oma Bergman haar bijna altijd. 'Goedemorgen, Sprotje', daar deed ze niet aan, en al helemaal niet aan

'wat aardig van je dat je me in het weekend in de tuin komt helpen'. Dat soort hulp vond oma Bergman meer dan vanzelfsprekend.

'Het leven hoort zwaar en vreugdeloos te zijn' – zo vatte Sprotjes moeder de filosofie van haar eigen moeder altijd samen. 'En als het toch eens een keer leuk is, dan zal er wel iets niet kloppen.'

Vroeger had de botheid van haar oma Sprotje soms zo gekwetst dat ze al tranen in haar ogen kreeg bij de gedachte om ook maar een uurtje bij haar te moeten zijn. En ze had veel, heel veel uren in het oude huis met de grote tuin doorgebracht, al die uren dat haar moeder moest werken, toen Sprotje nog te klein was om alleen thuis te blijven.

Maar die tijd lag gelukkig alweer een hele poos achter haar, en als oma Bergman nu te veel gif spuide stapte Sprotje gewoon op; dan smeet ze het piepende hek achter zich dicht en fietste ze naar huis of naar de caravan of naar Fred, hoe hard haar oma haar ook naschold.

'Bella is tenminste blij om me te zien,' zei Sprotje. De hond sprong kwispelstaartend om haar heen. 'Ik heb drie uur de tijd, daarna heb ik met Fred afgesproken.'

Haar oma snoof minachtend. 'Aha, die vossenkop. Heb je nog steeds verkering met hem?' Oma Bergman mocht Fred wel, dat wist Sprotje, maar ze zou het natuurlijk nooit toegeven. 'Dat rode haar – je maakt mij niet wijs dat hij dat van zichzelf heeft. Ik wil wedden dat hij het verft.'

'Helemaal niet! Dat heeft hij altijd al gehad.'

'Klets.' Met een knorrig gezicht hinkte oma Bergman naar haar moestuin. Dat hinken werd met de week erger, maar

Sprotjes oma deed alsof het nu eenmaal bij het ouder worden hoorde. 'Ze zou zich aan haar heupen moeten laten opereren,' zei Sprotjes moeder keer op keer, 'maar ze wil niet naar het ziekenhuis. Ze denkt dat ze nooit meer thuiskomt als ze eenmaal in een ziekenhuisbed belandt. En ze is ook bang voor de operatie.'

'Oma, je moet eens naar de dokter gaan,' zei Sprotje, terwijl ze langzaam achter haar aan liep. 'Je loopt als een kip met één poot.'

'Hou toch op! Wacht maar tot jij zo oud bent als ik, dan loop je precies zo.' Haar oma boog zich kreunend over een van de bedden en trok een verdwaalde grasspriet uit de grond. Oma Bergman had zes grote groentebedden in haar tuin, een bed met kruiden, een broeibed voor de kweek van vorstgevoelige planten, een pompoenbed naast de composthoop, rode, witte en zwarte bessen, twee appelbomen, twee perenbomen en een kersenboom. Genoeg werk voor een heel voetbalelftal, zoals Fred altijd zei. Sprotjes moeder had al vaak geprobeerd oma Bergman ervan te overtuigen dat ze beter een deel van de moestuin door gras kon vervangen en dat ze niet van elke bes en elke appel eigenhandig sap en jam hoefde te maken. (In haar kelder stonden nog potten jam die ze meer dan acht jaar geleden had gemaakt.) Maar van zulke voorstellen moest Sprotjes oma niets hebben. 'Wat moet ik nou met gras?' zei ze dan. 'Moet ik er een stoel op zetten en roerloos als een tuinkabouter naar de heg gaan zitten staren?'

'Begin maar met de koolplantjes,' zei oma Bergman. 'Die zitten daar in die doos, naast de kruiwagen. Daarna stop je nog een paar uien tussen de worteltjes en schoffel je de prei.

De kruidentuin is ook een rommeltje, maar ja, je wilt me maar drie uurtjes helpen.'

'Jij kunt niet meer bukken, dat is het probleem,' antwoordde Sprotje koel, en ze ging de plantjes halen.

'En jij wordt steeds brutaler,' riep O.B. haar na. Zo hadden de Wilde Kippen haar gedoopt: O.B. of Lucky Luke. Die laatste naam hadden ze haar gegeven nadat ze een alarmpistool had aangeschaft.

'Zet mijn stoel daar naast dat bed!' zei O.B. toen Sprotje met de plantjes terugkwam.

Ook dat nog, dacht Sprotje. Eigenlijk had ze gehoopt tenminste rust te hebben als ze in de aarde zat te graven, maar O.B. was kennelijk van plan haar niet uit het oog te verliezen. Ze vond nog steeds dat zij de enige vakbekwame tuinier op de hele wereld was.

Er stonden vier stoelen in de tuin van oma Bergman, roestige dingen met wiebelige stalen poten waar de verf af bladderde. Ze stonden naast het kippenhok om een gammel tafeltje heen, maar er zat nooit iemand – behalve als O.B. er niet was en de Wilde Kippen een bezoekje aan haar tuin brachten.

Oma Bergman greep naar haar heup en liet zich met een van pijn vertrokken gezicht op de harde stoel zakken, maar toen Sprotje wilde helpen sloeg ze haar hand weg.

Val dan maar op je gezicht, dacht Sprotje geërgerd en ze hurkte naast de kale aarde. Op het tegelpad stond en lag alles al klaar, verwijtend, alsof het allemaal al uren op Sprotje wachtte: de groene gieter, een schepje, een schoffel.

'Wat een armetierige dingetjes,' zei Sprotje toen ze het eerste wittekoolplantje uit de kist haalde.

'Wat bedoel je daar nou weer mee?'

'Die van Freds opa zijn veel steviger.'

'Welnee.'

Ach, het was leuk om O.B. een beetje te stangen. Sprotje wist precies waarmee je haar op de kast kon krijgen.

'Hoe gaat het met je moeder?'

Sprotje trok haar trui uit. De zon brandde in haar nek. Het was een prachtige dag; de schaarse wolken aan de hemel dreven doorzichtig als sluiers langs het grenzeloze blauw.

'Met mam gaat het prima.' Sprotje groef een gat, zette het plantje erin, goot er water bij, schoof de aarde rond het tere stengeltje en drukte het geheel stevig aan.

'Niet te veel water, anders verschroeit de zon de bladeren!'

Sprotje rolde met haar ogen. Dat wist ze al sinds ze zes was, en toch zei O.B. het telkens weer.

'Ze is nog steeds van plan met die gek te trouwen, zeker?'

Sprotje plantte een rode kool. 'Het lijkt er wel op. Ze is al op zoek naar een trouwjurk.'

Oma Bergman klakte verachtelijk met haar tong. 'Hij past niet bij haar. Ik heb het haar al honderd keer gezegd, maar het interesseert haar niets. Ze valt altijd weer voor de verkeerde. Tja, ik zeg het niet graag, maar het is zoals het is: je vader was eigenlijk nog de meest aanvaardbare.'

'Wat?' Sprotje duwde haar vingers diep in de koele aarde en keek haar grootmoeder ongelovig aan. Er was al heel wat onverteerbaars over die smalle lippen gekomen, maar dit sloeg echt alles. Bijna had Sprotje haar van haar stoel gekieperd. 'Mijn vader?' riep ze. 'Die heeft mama in de steek gelaten, met een klein kind. En die was de beste? Niet te geloven! Ze is je

dochter hoor. Als iemand dat mijn dochter zou flikken, dan zou ik hem...' Ze kwam niet uit haar woorden van kwaadheid.

'...overhoop schieten?' O. B. wees naar de grond. 'Praat niet zo veel. Werk liever door, je hebt maar drie uur de tijd.'

Maar Sprotje verroerde geen vin. Waarom had iedereen het opeens over haar vader? Zelfs haar moeder was al over hem begonnen. Het kwam allemaal door die stomme trouwerij. O. B. had nog nooit ook maar één woord aan haar vader vuilgemaakt, ze hadden het nooit over hem, dat was de afspraak, en nu dit...

Sprotje werkte zwijgend verder, grimmig boog ze zich over de aarde: rode kool, witte kool, spruitjes... Wie ging dat eigenlijk allemaal opeten? Nee, zij was ook niet dol op die betweter, maar hij liet tenminste geen kleine kinderen in de steek, voor zover zij wist. En hij was aardig voor haar moeder, echt aardig. Hij bracht haar lievelingsbloemen voor haar mee en dat soort dingen, en hij vertroetelde haar als ze ziek was. En hij maakte haar aan het lachen. Ze was gelukkig met hem. Ze was in lange tijd niet zo gelukkig geweest. Vroeger had Sprotje haar wel eens 's nachts horen huilen.

O. B. zat stijf op haar stoel en bekeek Sprotje met een frons in haar voorhoofd. Zou ik later ook zoveel rimpels krijgen? dacht Sprotje. Waarschijnlijk wel.

'Jij mag hem toch ook niet,' zei haar grootmoeder. 'Die... rijinstructeur.' Ze spuugde het woord uit alsof het het meest waardeloze beroep ter wereld was.

'Hij is wel oké. Trouwens, het doet er niet toe of ik hem mag. Als mama hem maar mag. Ik hoef niet met hem te trouwen.'

'Hm.' O.B. keek misprijzend naar de lucht, alsof ze het de vogels die daarboven hun rondjes draaiden kwalijk nam dat ze konden vliegen. 'Toch mag ik hem niet,' zei ze na een tijdje. 'Hij past niet bij haar en daarmee uit.'

'O nee? En iemand die haar met een kind laat zitten, die past wel bij haar? Ik geloof mijn oren niet.' Sprotje viste een regenworm uit het gat dat ze gegraven had en gooide hem weg. Tot haar ergernis merkte ze dat haar handen trilden.

'Hij had er later ook spijt van hoor. Je vader, bedoel ik.'

Nee! dacht Sprotje. Ik wil het niet horen. Het liefst had ze haar handen voor haar oren gehouden. 'En hoe weet jij dat?' viel ze uit. 'Mama heeft het bijna nooit over hem, maar dat hij op een ochtend zomaar ineens weg was, dat heeft ze me wel verteld.'

Haar grootmoeder plukte aan haar rok, die zo grijs was als een lucht vol regenwolken. Grijs was de enige kleur die O.B. in haar klerenkast toeliet. 'Hij heeft geschreven. Later. Toen je moeder al verhuisd was. Hij wilde haar adres hebben, maar ik mocht het hem niet geven van haar.'

'Wat een onzin allemaal.' Sprotje hakte zo woest in de aarde dat ze bijna de wortels van een van de plantjes doorsneed.

'Vraag het haar dan zelf! Vraag het maar aan je moeder!' zei O.B. 'Ik heb de brieven bewaard. Op een gegeven moment kwamen ze niet meer zo vaak, maar af en toe schrijft hij nog steeds, en altijd vraagt hij hoe het met jullie gaat. Zijn brieven komen uit de vreemdste plaatsen, want hij is altijd op reis. Ik wilde ze je laten lezen, maar dat mocht niet van je moeder. Ik heb tegen haar gezegd dat ze hem een keer op je verjaardag

langs moest laten komen, misschien wil het kind haar vader op z'n minst een keertje zien, zei ik. Hij is sowieso bijna nooit hier...'

'Hier?' Sprotje kon zichzelf bijna niet horen praten.

'Hij woont aan de andere kant van de stad. Je moeder weet waar. Ik heb het haar verteld, ik dacht dat ze daar wel een keer langs zou wippen, met de taxi. Maar nee. Ik krijg de wind van voren als ik erover begin. Wat moet ik zeggen, ik vond hem nu eenmaal best aardig, aardiger dan die rijinstructeur in elk geval, en met hem wil ze nu in alle ernst gaan trouwen.'

'Precies ja!' Sprotje wist dat ze veel te hard praatte, maar ze kon er niets aan doen. 'Ze wil met hem trouwen en dat is verdomme niet jouw zaak! Het gaat je niets aan! En dat met mijn vader...' ze kreeg het woord 'vader' met moeite over haar lippen, '...dat gaat je ook niets aan, ik wil hem in elk geval niet zien, en als jij hem aardig vindt, dan is hij waarschijnlijk net zo'n rotzak als ik altijd al dacht.'

Sprotje gooide de schoffel op de grond en kwam met een sprong overeind. Zonder haar grootmoeder nog een blik waardig te keuren rende ze naar het kippenhok. Sinds twee maanden werd het weer bewoond door acht prachtige kippen. De dieren die bij de caravan rondscharrelden en Roos' bonen opvraten, kwamen hier ook vandaan, maar O.B. had ze willen slachten en daarom hadden de Wilde Kippen ze ontvoerd, met hulp van de Pygmeeën. 'Als deze hier te oud worden om eieren te leggen,' had O.B. bij de aanschaf van de nieuwe kippen gevraagd, 'willen jullie ze dan ook hebben voor jullie kippenbejaardentehuis, of zal ik ze dan toch maar slachten?'

'Kom eens hier,' zei Sprotje tegen een klein wit kippetje dat in het stro pikte. Het beestje tilde geschrokken haar kopje op, maar Sprotje had enige ervaring in kippen vangen. De kip sloot klokkend haar ogen toen Sprotje in het stro knielde en haar op haar schoot zette. Voorzichtig ging ze met haar vingers over de zachte borstveren en de hardere veren van de vleugels, ze aaide de lichtrode kam en liet de kip toen weer lopen. Opgelucht glipte het beest door het gat naar de grote, met kippengaas omzoomde ren.

Ik wil geen vader, dacht Sprotje. Ik hoef geen vader. Dan heb ik nog liever die betweter.

Sprotje stapte de stal weer uit, maar haar grootmoeder was verdwenen. Ze liet zich niet meer zien tot Sprotje klaar was met haar werk. Toen ze naar binnen ging om haar handen te wassen, stond O. B. in de keuken deeg te kneden.

'Heb je dorst?' vroeg ze bars. Ze veegde het meel van haar handen en zette Sprotje een glas water voor.

Sprotje dronk het zwijgend leeg. 'Er zijn nog twee plantjes over,' zei ze toen. 'Mag ik die meenemen?'

Haar grootmoeder knikte. 'Maar denk eraan dat ze veel mest nodig hebben.'

'Ja, dat weet ik.' Bonen geven, kool en tomaten nemen. Honderd, nee, duizend keer had ze dat al te horen gekregen. 'Ik kom Bella vanavond terugbrengen,' zei Sprotje. Ze lijnde de hond aan, stapte op haar fiets en reed weg. Fred was vast al bij de boomhut.

De Pygmeeën hadden al eerder een boomhut als clubhuis gehad, in het bosje dat vroeger aan de rand van de sloperij had
gestaan. Maar het bosje was allang verdwenen en daarmee ook
de boomhut van de jongens. Waar vroeger bomen en een poel
waren geweest, lagen nu bergen schroot en verroeste auto's.

De Pygmeeën hadden lang getreurd om hun oude boomhut, maar uiteindelijk hadden ze een nieuwe gebouwd, niet
ver van het landje waarop de caravan van de Wilde Kippen
stond. Sprotje was niet zo dol op boomhutten, ze werd altijd
duizelig in die dingen, maar in de loop van de tijd was ze er
een beetje aan gewend geraakt de wereld van bovenaf te be-
kijken, en de steile ladder beklom ze inmiddels al best vlot. Ze
moest alleen niet omlaag kijken terwijl ze naar boven klauterde.

Rond de nieuwe boomhut van de Pygmeeën groeiden jon-
ge beuken, eiken en een paar spichtige sparren. Tussen de
stammetjes stonden vlierstruiken en frambozen, die het met
hun stekelige ranken niet makkelijk maakten om geruisloos
tot onder aan de ladder te sluipen, zeker niet als je een opgewonden hijgende hond bij je had.

Sprotje had er altijd plezier in om de jongens eerst een tijdje af te luisteren voor ze liet merken dat ze er was. Ze struikelde allang niet meer over de draden die bij Mats zelfbedachte alarminstallatie hoorden, en het voortdurende gejengel van de radio maakte zachtjes zijn meestal sowieso overbodig.

Sprotje had gehoopt Fred alleen te treffen. Steves familie uit Spanje was op bezoek, dus die moest meestal thuisblijven, Mat had eindelijk zijn nieuwe vlam en Willem zat eigenlijk elke zaterdag bij zijn nieuwe vriendin. Maar toen Sprotje in de buurt kwam van de grote eik waarin de jongens zich hadden genesteld (het was de grootste boom in de wijde omtrek), drongen er verschillende stemmen tot haar door. Kennelijk zaten de Pygmeeën met z'n allen boven. De radio stond uit.

Sprotje aaide Bella geruststellend over haar kop, liep door tot de boomhut recht boven haar zweefde en leunde tegen de boomstam. Even overwoog ze rechtsomkeert te maken. Ze was niet in de stemming voor Mats domme grappen en Fred gedroeg zich altijd heel anders met die andere boskabouters erbij. Maar ze wilde nu ook niet alleen zijn en ze had nu eenmaal beloofd naar de boomhut te komen. Al was het maar om de plantjes op te halen die Fred vast weer voor haar had meegebracht. Bijna elk weekend kwam hij met een kist vol plantjes uit het volkstuintje van zijn opa. Zonder Freds plantjes zou de moestuin van Roos maar half zo groot zijn.

Sprotje zuchtte en luisterde naar de uitgelaten stemmen boven haar hoofd. Misschien kon ze Fred overhalen om de andere boskabouters een tijdje aan hun lot over te laten en met haar naar de caravan te gaan.

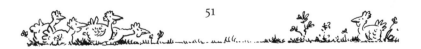

'Kom op, vertel nou.' Dat was onmiskenbaar de stem van Mat. Hij was de enige van de Pygmeeën die de baard nog niet in de keel had. 'Jij en de Opperkip, jullie... doen het toch al, of niet soms?'

Sprotje voelde dat ze rood werd. Haar gezicht gloeide ervan. Ze hield haar adem in, wilde twee dingen tegelijk: dat kleine ettertje grijpen om die brutaliteit uit hem te rammelen, en Freds antwoord horen.

'Mat, jongen!' Dat was Willem. 'Praat niet over dingen waar je geen verstand van hebt, oké?'

'Wat bedoel je daar nou weer mee?' Mats stem sloeg over. 'Denk je soms dat ik van niets weet, alleen omdat ik niet zo'n stokoude vriendin heb als jij? Ik...'

'Schei uit, Mat!' Dat was Fred. Hij gromde bijna. Zijn pasop-ik-ben-de-baasstem, noemde Lisa dat spottend. 'Je hoeft hier niet de grote vrouwenversierder uit te hangen, oké? Zelfs Steve weet meer van meisjes dan jij.'

'Inderdaad!' Steves schoenzolen bungelden maar een paar meter boven Sprotjes hoofd. 'Sinds hij de hele tijd aan de lippen van dat meisje hangt, denkt hij dat hij Casanova zelf is.'

'Nou, ik hang tenminste aan iemands lippen!' Mats stem beefde, zo kwaad was hij. 'En ik mag toch zeker wel een vraag stellen, zonder dat jullie meteen allemaal over me heen vallen!'

'Maar dat was dus duidelijk de verkeerde vraag.' Willem was naast Steve gaan zitten. Hoe de jongens zo doodgemoedereerd aan de rand van het platform konden zitten, was Sprotje een ondoorgrondelijk raadsel. Als ze eraan dacht moest ze al bijna overgeven.

'O ja? Wie denk jij eigenlijk dat je bent!' Dat was Mat weer. Kennelijk kon hij het onderwerp niet laten rusten.

'Hé, Mat, *peace*, oké? Je kaarten zien er op het moment helemaal niet goed uit.' Steve had de laagste stem van allemaal.

'Logisch,' zei Melanie altijd. 'De grootste trommel klinkt het zwaarst, dat is een natuurwet.'

'Ach man, val toch dood met je kaarten! Willem moet zich gewoon niet zo aanstellen. Hij denkt dat hij Joost mag weten wat voor meisjeskenner is, alsof ze allemaal voor hem smelten als... als...' Mat begon te stotteren, '...als ijstaartjes of zoiets. Terwijl we allemaal weten dat Melanie het met iedereen doet. Zelfs met die slungel uit de vijfde...'

Willem sprong op.

O jee, dacht Sprotje, nu vliegt Mat de boomhut uit. Hoogste tijd voor wat Kippengekakel. Ze floot even, en de opgewonden stemmen boven haar verstomden onmiddellijk. Niemand kon fluiten zoals Sprotje – 'het voelt alsof het dwars door je trommelvlies heen snijdt,' zei Fred altijd, en natuurlijk wist hij meteen wie er onder aan de ladder stond. Zijn vuurrode haar verscheen boven de rand van het platform. 'Hé, Opperkip!' riep hij, maar zijn lachje pakte wat onzekerder uit dan normaal. 'Hoe lang sta je daar al?'

'Lang genoeg,' antwoordde Sprotje. 'Heb je zin om naar beneden te komen?'

'O o, nu ben je de klos, baas!' hoorde ze Steve zeggen. Even later keek Mat over de rand.

'Nou, ik heb mooi je hachje gered hè?' riep Sprotje, terwijl Fred langs de wiebelende ladder naar beneden klom.

'Hoezo? Hoe bedoel je?' Mat deed zijn best om onbekom-

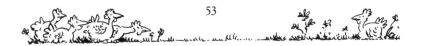

merd te klinken, maar de opluchting stond op zijn voorhoofd geschreven.

'Ik zeg maar één ding: juich niet te vroeg! Ik heb je misschien van Willems vuisten gered, maar geloof me, nog één zo'n domme opmerking over Mel en je mocht willen dat híj je in elkaar had geslagen.'

'Ik bedoelde het toch niet zo!' Mats stem klonk schel. 'Ik kletste gewoon maar wat. Gaan we vandaag allemaal op mij inhakken of zo?'

Fred stond intussen naast Sprotje. Ze verbaasde zich er elke keer weer over hoe snel hij die ladder af kwam. Hij aaide Bella over haar hoofd en trok aan Sprotjes haar. 'Hé, wind je niet op,' zei hij. 'Mat doet soms gewoon vervelend, maar Willem zorgt er wel voor dat hij niet over Mel gaat roddelen. Jemig!' Hij keek haar bezorgd aan. 'Je bent helemaal bleek.'

'Dat komt niet daardoor!' zei Sprotje geprikkeld. Ze keek naar boven. Mat en Steve loerden nog steeds over de rand. Alleen Willem bemoeide zich met zijn eigen zaken.

'Hé, kunnen jullie daar even weggaan?' riep Fred. 'Het is hier geen bioscoop hoor.' De twee hoofden verdwenen onmiddellijk, maar Mat kon een dom lachje natuurlijk niet voor zich houden.

'Oké, wat is er aan de hand?' Fred legde zijn handen op Sprotjes schouders en keek haar afwachtend aan. 'Kom op, vertel. Je kijkt als een kip met een graantje dwars in haar keelgat.'

Sprotje begroef haar gezicht in zijn shirt. 'Ach, O.B. vertelde iets raars,' mompelde ze. 'Over brieven... en mijn vader.'

'Je wat?'

Sprotje moest lachen, al was ze er helemaal niet voor in de stemming. Geen wonder dat Fred zo verbaasd klonk. Het woord 'vader' had hij uit haar mond vast nog nooit gehoord.

'Hé, Mat, nou zit je alweer te gluren!' hoorde ze Steve zeggen. 'Wil je nu ook nog problemen met de baas?'

Sprotje keek omhoog. Er was niemand te zien, maar ze wist dat daarboven drie Pygmeeën zaten, en ze was nu echt liever alleen met Fred. 'Ga je mee naar de caravan?' vroeg ze zacht. Bella likte aan haar hand; ze verveelde zich. Sprotje kroelde geruststellend achter haar oren. 'Ik wil die plantjes naar Roos brengen,' zei ze. 'Je hebt ze toch wel bij je hè?'

Fred knikte. 'Natuurlijk, ze staan daar onder die struiken. Sla, spruitjes, er zitten zelfs een paar stambonen bij. Hé, jullie daarboven!' riep hij. 'Ik ga met de Opperkip naar de caravan. Ik ben over ongeveer twee uur terug.'

Meteen stak Mat zijn hoofd weer over de rand. Willem en Steve lieten zich ook zien. 'Ik moet over een uurtje weg,' zei Willem. 'Je weet wel...' Hij keek verlegen naar Sprotje.

'Ik moet ook weg,' zei Steve.

'Ik ook!' riep Mat. 'Maar ik wens je veel plezier met de Opperkip.' Hij begon weer hysterisch te lachen, maar Willem sloeg een hand voor zijn mond en trok hem naar achteren.

'Die gast is echt niet goed wijs,' hoorde Sprotje hem grommen. En er was niemand die hem tegensprak.

Ze namen er de tijd voor om bij de caravan te komen, precies zoveel tijd als Sprotje nodig had om haar hart bij Fred uit te storten. Bij niemand kon ze dat zo goed als bij hem, zelfs niet

55

bij Roos of haar moeder. Fred was gewoon de beste luisteraar die ze ooit had ontmoet.

'Ben je niet nieuwsgierig wat voor iemand hij is?' vroeg Fred toen ze hun fietsen tegen Lisa's STRENG VERBODEN VOOR PYGMEEËN-bord zetten. 'Je vader, bedoel ik.'

'Nee, helemaal niet,' antwoordde Sprotje. 'Ik heb me dertien jaar prima zonder hem gered.'

Fred knikte zwijgend, maar Sprotje wist wat hij dacht. Fred zou zijn vader gemist hebben. Hij was dol op zijn vader. Heel erg dol. Hij ging met hem naar voetballen en naar de film en ze zaten samen urenlang naar doodsaaie autoraces op de televisie te kijken. Voor zulke dingen was een vader waarschijnlijk heel nuttig. Maar Sprotje kon zich absoluut niet voorstellen waarom zij er een nodig zou hebben. Bovendien was die van haar vast en zeker niet zo aardig als die van Fred. Misschien was hij zo'n prachtexemplaar met losse handjes, zoals de vader van Willem, of een mopperpot zoals die van Lisa. Of hij was gewoon zo'n trouweloze hond als Kims vader, die een nieuwe vrouw aanschafte en zijn dochter cadeautjes gaf om zijn geweten te sussen.

'Nee!' zei Sprotje, terwijl ze het hek openmaakte. 'Mijn moeder heeft groot gelijk dat ze niets meer van hem wil weten. En wat mij betreft trouwt ze met die betweter. Als zij daar gelukkig van wordt.'

Achter de heg lagen twee fietsen in het gras. De ene was van Lisa, de andere kwam Sprotje niet bekend voor. Ze keek verbaasd rond, maar er was niemand te bekennen. Had Lisa niet gezegd dat ze vandaag moest repeteren?

'Zal ik de plantjes bij de moestuin zetten?' Fred keek haar

vragend aan. 'Ik denk dat ze water moeten hebben.' Sommige plantjes lieten inderdaad hun blaadjes al hangen.

Sprotje liet Bella los en keek op haar horloge. 'Roos komt pas over een uur,' zei ze. 'Ik ga wel even kijken waar ze haar gieter heeft.'

Fred zette de plantjes van zijn opa naast het slaveldje en Sprotje liep naar de caravan. Ze dacht iemand te zien achter het raam en toen ze op het trappetje af stapte, ging de deur open en kwam Lisa naar buiten, met haar rug naar Sprotje toe. Ze lachte en gebaarde onder het praten met haar handen, zoals ze altijd deed. Toen draaide ze zich om en zag Sprotje.

Nog nooit had Sprotje iemand zo krijtwit zien worden, op die ene keer na, toen Hanna, een meisje uit hun klas, onder wiskunde voor het bord flauwviel.

'Hoi, Lisa.' Fred pakte Sprotjes hand vast.

Lisa keek hem schuchter aan. 'Hoi, Fred,' mompelde ze. 'Wat... wat... doen jullie hier zo vroeg? Roos zei...' Zonder haar zin af te maken wierp ze een blik in de caravan. 'We, ik bedoel, ik... heb Margot de kippen laten zien. Ze had nog nooit echte kippen gezien. Dat geloof je toch niet?'

Margot stak haar hoofd naar buiten. Ze zag bijna net zo bleek als Lisa.

'En? Vond je ze leuk?' vroeg Fred. 'Het zijn achterbakse beesten, weet je. Als je niet oppast, pikken ze zo je ogen uit.'

'Dat zei Lisa ook al.' Margot lachte opgelucht.

Sprotje kon Fred wel zoenen. Hij zei altijd de juiste dingen op het juiste moment. Nou ja, bijna altijd.

'Roos en ik gaan straks groente planten,' zei Sprotje.

Het lukte haar niet half zo goed als Fred om onbevangen

te klinken. Ze zag iets in de blik waarmee Lisa Margot aankeek...

'Oké, doe haar de groeten van me,' zei Lisa. 'Repetitie, weet
je nog?' Ze had haast om langs Sprotje te komen. Margot rende achter haar aan. In het voorbijgaan glimlachte ze verlegen
naar Sprotje en Fred.

'Hé, voor ik het vergeet,' riep Fred ze na. 'We geven vrijdag
een feest, bij onze boomhut. Kippen mogen ook komen. En
wie er verder nog zin heeft.'

Sprotje keek hem verrast aan. 'Een feest? Wat voor feest?'

Fred haalde zijn schouders op. 'Gewoon, een feest. Het was
een idee van Steve. Ik wilde het je wel vertellen, maar onder-
weg was jij bijna de hele tijd aan het woord, weet je nog?'

Sprotje knikte. Lisa en Margot duwden hun fietsen door
het gammele hek, dat vast niet nog een winter zou overleven.
Lisa zwaaide voor ze met Margot wegfietste. Sprotje keek ze
na tot ze achter de heg verdwenen waren.

'Wat sta je nou te kijken, Opperkip?' Fred trok haar mee
naar de caravan. 'Schiet op, tot Roos komt hebben we jullie
hele clubhuis voor ons alleen.'

Zwijgend liet Sprotje zich meetrekken, maar ze keek telkens om naar het hek, alsof Lisa daar nog was – met Margot.
Ze ergerde zich aan zichzelf, aan de rare gedachten die door
haar hoofd spookten sinds Lisa de caravan uit gekomen was.

'Steve heeft ze een keer gezien,' zei Fred.

'Wie?' Sprotje keek hem geschokt aan. Wat dom dat haar
hart nu zo snel klopte.

'Ja, wie denk je? Die twee. Hij heeft ze een keer betrapt,
achter het toneel, bij een of andere repetitie. Hij was er hele-

maal van in de war. Gelukkig kwam hij ermee bij mij en niet
bij Mat.'

Fred trok Sprotje het trappetje naar de caravan op.

'Maar...' Sprotje wist niet wat ze moest zeggen. Ze wist helemaal niets meer.

'Kijk niet zo! Het is geen besmettelijke ziekte.' Fred deed de
deur achter hen dicht. 'Ik vind meisjes ook leuker dan jongens. Lisa en ik hebben dezelfde smaak, zou je kunnen zeggen.'

Sprotje schudde ongelovig haar hoofd. Ze had het graag
net zo laconiek opgevat als Fred, maar haar hart klopte nog
steeds in haar keel. Haar blik viel op een foto die Roos op de
deur had geplakt. Hij was gemaakt op de dag dat ze de caravan inwijdden. Arm in arm stonden ze ervoor; Lisa stond tussen Sprotje en Roos in.

'Vind je dat ik het de anderen moet vertellen?' vroeg ze
zacht.

Fred haalde zijn schouders op. 'Geen idee. Het gaat eigenlijk niemand wat aan, denk ik. Aan de andere kant... Nee, ik
zou het niet weten.'

Sprotje keek nog steeds naar de foto.

'Mens, Opperkip, je bent zo wit als een doek.' Fred kneep in
het puntje van haar neus. 'Mijn tante, de zus van mijn moeder, is ook zo.'

'Echt?'

Fred haalde grijnzend zijn schouders op.

Sprotje slaakte een diepe zucht, een diepe, diepe zucht. Deze dag was gewoon te veel voor haar. Eerst al dat gepraat over
haar vader en nu dit weer.

Fred keek op zijn horloge. 'Hé, over vijfentwintig minuten komt Roos al!' zei hij. 'Denk je nu even aan mij, in plaats van aan Lisa?'

Zondagen zijn eigenlijk maar een heel klein beetje minder fijn dan zaterdagen, en deze zondag begon veelbelovend.

Sprotje werd wakker van de geur van warme chocolademelk, en toen ze haar ogen opendeed stond haar moeder naast haar bed, met een dienblad met alle benodigdheden voor een echt zondagsontbijt: gekookte eieren, chocoladecroissants, verse broodjes (vast van die broodjes die je zelf nog even in de oven moest doen, lekker) en natuurlijk de warme chocolademelk die Sprotje al geroken had.

'Schuif eens een beetje op,' zei haar moeder, en Sprotje schoof een beetje op. De matras was zo breed dat het dienblad precies tussen hen in paste.

Het was de matras van het oude bed van Sprotjes moeder. Ze had het bed samen met de kamer overgenomen, maar het onderstel was op de vuilnishoop beland. Sprotje sliep liever gewoon op een matras op de grond.

Haar moeder dronk voorzichtig haar koffie. 'Je bent nog steeds boos om die kamerruil hè?' vroeg ze.

'Nee hoor,' mompelde Sprotje. Hoe kon je nou boos zijn

als je warme chocolademelk en gekookte eieren voor het ontbijt kreeg?

'Jawel.' Haar moeder legde een broodje voor haar op een bord. 'Je hebt nog niets opgehangen en je boeken heb je ook nog niet uitgepakt.'

Ze had gelijk. De kamer zag eruit alsof ze er pas gisteren ingetrokken was, terwijl ze er al ruim acht weken sliep. Die onuitgepakte dozen waren Fred ook opgevallen. 'O, dat komt nog wel,' mompelde Sprotje. Ze wilde er nu niet over praten. Ze wilde alleen maar ontbijten en ervan genieten dat haar moeder en zij weer eens met z'n tweetjes waren.

'Ligt hij weer te snurken?' vroeg ze.

Haar moeder knikte. 'Het is een wonder dat de kalk niet van het plafond komt. Vandaag of morgen stop ik een kurk in zijn neus.'

Ze moesten allebei zo lachen dat ze zich in hun broodjes verslikten. Vroeger hadden ze bijna elke zondag zo ontbeten. Dan zetten ze de televisie bij het bed, keken een film en aten net zo lang door tot ze misselijk waren. Maar sinds de betweter in het bed van haar moeder lag te snurken, waren die ontbijtjes zeldzaam. En daarom wilde Sprotje het in geen geval verpesten – dus maakte ze ook geen woord vuil aan gisteren. Niet aan O.B., niet aan brieven van vaders, niet aan verliefde meisjes. Ook al viel het haar zwaar. In plaats daarvan vertelde ze over het feest dat de Pygmeeën wilden geven, over Steves Spaanse familie en zelfs over Melanies liefdesverdriet. Haar moeder kreunde dat de betweter een nieuwe bruidskledingwinkel had opgesnord, dat hij voor de trouwerij meer dan honderdvijftig mensen wilde uitnodigen, dat hij had gepro-

beerd haar ervan te overtuigen dat ze een permanent moest nemen ('Zie je het voor je? Ik met krullen?') en dat de klanten op de taxi steeds meer kapsones kregen. Kortom, ze hadden het goed, heel goed, terwijl de betweter in de andere kamer zo hard lag te snurken dat ze het door de muur heen konden horen.

'Weet je wat ik doe als we helemaal niet met elkaar op kunnen schieten?' zei Sprotjes moeder bij het derde broodje. 'Dan gebruik ik dat gesnurk als grond tot echtscheiding. Eén opname en elke rechter staat aan mijn kant.'

'Absoluut!' zei Sprotje met volle mond, waardoor het meer klonk als 'abfoluut'.

Op dat moment werd er aangebeld.

'Wie zou dat nou zijn?' vroeg haar moeder. 'Had je met Fred afgesproken?'

Sprotje schudde haar hoofd. 'Die is vandaag bij zijn opa.'

Haar moeder sloeg zuchtend het dekbed terug en trok haar ochtendjas aan. 'Als dat je grootmoeder is,' zei ze, terwijl ze door de gang naar de voordeur liep, 'dan...'

Sprotje hoorde dat ze de deur opendeed, en daarna hoorde ze helemaal niets meer.

Doodse stilte.

Haastig klauterde ze over het dienblad, liep naar de deur en gluurde de gang in.

Haar moeder stond in de deuropening en gaf geen kik.

'Hallo,' zei een mannenstem, en toen haar moeder nog steeds geen kik gaf: 'Je moeder... eh... vertelde me van je aanstaande bruiloft en dat je wilde dat ik daarvoor een keer... langskwam.'

Sprotje keek naar haar moeder. Ze zei nog steeds niets, maar dat hoefde ook niet. Sprotje wist precies wie daar voor de deur stond. Ze wist het op het moment dat ze die onbekende stem hoorde, en haar eerste aanvechting was om terug haar kamer in te schieten, onder het dekbed te kruipen en te wachten tot hij weg was. Zoals hij altijd weg was geweest. Dertien jaar lang. Maar haar moeder stond er zo verloren bij dat Sprotje haar gewoon niet aan haar lot kon overlaten, en dus raapte ze al haar moed bij elkaar (hoewel er niet veel van over was), zette haar onaardigste gezicht op en ging naar haar toe.

Haar moeder pakte opgelucht haar hand; Sprotje had het gevoel dat ze heel dankbaar was voor haar gezelschap. Ze vond zelfs haar tong terug. 'Ik wurg haar!' zei ze, zonder de man die voor de deur stond uit het oog te verliezen. 'Al is het 't laatste wat ik doe, ik wurg die ouwe heks.'

Hoe kijk je een vader aan die je in de steek liet toen je misschien net tot aan zijn knieën kwam? Sprotje deed haar best om hem helemaal niet aan te kijken. Vroeger had ze wel eens gefantaseerd over wat ze tegen hem zou zeggen als hij plotseling voor haar stond, met hoeveel verachting ze hem zou opnemen...

Hij zag er heel anders uit dan ze zich had voorgesteld.

'O verdomme, natuurlijk! Ik had het kunnen weten.' Hij streek met een hand over zijn gezicht en wist zich geen raad met de bloemen die hij bij zich had. Toen hij naar Sprotje keek, keek ze vlug een andere kant op. 'Je moeder heeft het uit haar duim gezogen. Dat had ik zelf moeten bedenken. Je wilde me helemaal niet zien. Waarom zou je opeens van gedachten veranderd zijn, nietwaar?'

64

'Inderdaad,' zei Sprotjes moeder. Haar stem klonk vreemd.
'Neem me niet kwalijk! Ik ben al weg.' Deze keer draaide
Sprotje haar hoofd niet snel genoeg weg en hij keek haar recht
aan. Hij glimlachte zelfs voorzichtig naar haar, maar zij lachte
natuurlijk niet terug. Ze probeerde dwars door hem heen te
kijken. Dat lukte heel aardig.

'Ze lijkt op je,' zei hij.

'Niet waar,' zei haar moeder.

Sprotje voelde zich vreselijk. Alsof er in haar binnenste een
andere Sprotje opstond, eentje die ze allang vergeten was, zo
klein en kwetsbaar, misschien vier of vijf jaar oud. Was Fred
er nu maar. Bij hem voelde ze zich altijd zo volwassen, helemaal geen kind meer, geen klein kind dat een vader had die ze
niet wilde.

Ze leek ook niet op hem, nee, echt niet. Helemaal niet.

Hij zag er jonger uit dan ze gedacht had.

En heel anders dan Freds vader. Of die van Willem. Of die
van Kim. Of die van Lisa.

'Ik wens je een mooie trouwdag,' zei hij tegen haar moeder.
Hij aarzelde even en legde de bloemen op de deurmat. Hij
stak een hand in de zak van zijn leren jasje, dat wel een beetje
leek op het jasje dat Fred alleen uittrok als hij ging slapen, en
legde een klein pakje naast de bos bloemen.

'Dat is voor Charlotte,' zei hij zonder haar aan te kijken. Hij
draaide zich om en liep weg.

Sprotjes moeder deed een stap naar voren en keek hem na.
Hij stond al op de trap toen ze hem nariep. 'Nu je hier toch
bent,' zei ze, en ze leek niet te kunnen beslissen of ze geïrriteerd of alleen maar onverschillig wilde klinken, 'moet je mis-

schien een keer met Charlotte afspreken.'

Sprotje keek haar ontsteld aan. Wat zei ze nou? Was ze gek geworden?

Haar vader was blijven staan.

'Maar ze komt niet naar jou toe. Je moet hier komen,' voegde haar moeder eraan toe.

Wat kletst ze nou? Sprotje had haar het liefst de mond gesnoerd, maar het was nu toch al te laat.

Haar vader keek haar aan. En deze keer keek Sprotje terug, zo afwijzend als ze maar kon. Hij glimlachte! 'Ik geloof niet dat ze dat zo'n fantastisch idee vindt,' zei hij. 'Maar ik bel wel.'

'Vraag het nummer maar aan mijn moeder,' zei Sprotjes moeder. 'Jullie schijnen toch de dikste vrienden te zijn.'

'Ik heb het nummer al,' antwoordde hij.

Op dat moment ging de deur van Sprotjes vroegere slaapkamer open.

'Hé, waar zitten jullie allemaal?' riep de betweter, die geeuwend de gang in kwam. Met een verbaasd gezicht bleef hij achter Sprotjes moeder staan.

'Bezoek?' vroeg hij, met een blik op de bloemen op de mat. Beneden viel de voordeur in het slot.

Sprotjes moeder bukte om te bloemen te pakken. Toen bukte ze nog een keer en gaf Sprotje het kleine pakje.

Sprotje nam het met twee vingers aan, alsof ze zich eraan kon branden.

Haar moeder zette de bloemen in een oude augurkenpot, kleedde zich aan en reed naar oma Bergman. Tegen de ver-

bouwereerde betweter zei ze alleen dat ze weer eens een appeltje met haar moeder te schillen had.

'Van wie waren die bloemen, Sprotje?' vroeg de betweter toen haar moeder de voordeur achter zich dicht had getrokken. Hij zag er doodongelukkig uit en het woord jaloezie stond gifgroen op zijn voorhoofd geschreven.

'Niemand om wie jij je zorgen hoeft te maken,' zei Sprotje. 'Geloof me, ze is niet bepaald dol op hem.'

Dat leek de betweter niet echt gerust te stellen, maar Sprotje had het te druk met zichzelf om ook nog eens de verloofde van haar moeder te troosten. Zonder nog een woord te zeggen liet ze hem staan, in zijn roodgestreepte pyjama, en ging naar haar kamer, haar nieuwe kamer met de kale muren en de kartonnen dozen vol boeken en prullen.

Ze legde het cadeautje van haar vader op de vensterbank, en daar liet ze het tot 's avonds liggen. Pas midden in de nacht pakte ze het uit, nadat ze urenlang slapeloos naar de maan had liggen staren, die bleek en smal boven het flatgebouw aan de overkant hing.

Het cadeautje was verpakt in matblauw zijdepapier en een bijna net zo blauw doosje. Erin zat een kettinkje van piepkleine zilveren blaadjes. Sprotje haalde het voorzichtig uit het doosje, liet het door haar vingers glijden, blaadje voor blaadje, en legde het naast zich op het donkerblauwe dekbed.

Ze keek naar de ketting tot haar ogen dichtvielen.

Maar de volgende ochtend, nog voor haar moeder haar wakker kwam maken voor het ontbijt, liet ze het samen met het lichtblauwe doosje en het zijdepapier in een van de kartonnen dozen verdwijnen.

'Hoe ziet hij eruit?' Dat was natuurlijk Melanies eerste vraag. Wat anders? 'Is hij knapper dan de betweter? Vertel nou!'

Sprotje had eigenlijk alleen Roos over het zondagse bezoek willen vertellen, maar toen was Kim erbij gekomen en nu wisten alle Kippen het.

Roos slaakte een diepe zucht en sloeg zusterlijk een arm om Sprotjes schouders. 'Mel, wanneer snap je nou eindelijk eens dat niet alles om uiterlijk draait?'

'Hoor wie het zegt. Jij bent zeker verliefd op Mike geworden omdat hij zo lelijk is?'

Daar had Roos niet van terug.

'Ik snap niet dat Sprotjes moeder niet meteen de deur in zijn gezicht dicht heeft gegooid! Stel dat hij echt belt? Of nog een keer langskomt? Getver!' Lisa keek weliswaar nog een beetje onzeker naar Sprotje, maar verder was ze helemaal de oude.

'Wat zou ze tegen je oma gezegd hebben?' Kims ogen begonnen te schitteren toen ze het tafereel met een genietende rilling voor zich zag.

'Weet je zeker dat O. B. het heeft overleefd?' vroeg Roos.

'Ja, die leeft nog,' antwoordde Sprotje droog. 'Geloof me,

die overleeft nog wel ergere dingen.'

Haar moeder had niet veel verteld na haar bezoek aan O.B. 'Ik wil niet met hem afspreken, mam,' had Sprotje gezegd terwijl ze samen het eten verorberden dat de betweter gekookt had. Hij kon heel goed koken, kennelijk ook als hij ongelukkig was. 'Nou ja,' had haar moeder gezegd, 'het was maar een ideetje. Ik dacht... hij is nu eenmaal je vader.' Haar moeder was rood geworden, Sprotje wilde zich niet eens afvragen waarom, en de betweter verslikte zich in zijn risotto. 'Wat? Wie?' had hij gevraagd. Toen hem was uitgelegd wie er op zondagochtend voor de deur had gestaan, zag hij er niet bepaald minder ongelukkig uit.

'Ik weet het niet,' zei Roos peinzend. 'Ik denk dat ik toch met hem zou afspreken. Ik zou gewoon te nieuwsgierig zijn wat voor iemand hij is.'

'Ja!' zei Melanie. 'En dat wil Sprotje ons dus niet vertellen.'

'Nou en? Het gaat ons toch ook niets aan? Zoiets heet een privé-aangelegenheid. Heb je daar wel eens van gehoord?'

Lisa keek onopvallend de gang in. Margot stond met een paar meisjes uit de parallelklas voor het muzieklokaal.

De Pygmeeën waren nog nergens te bekennen, maar dat was niets bijzonders. Het duurde tenslotte nog vijf minuten voor het eerste uur begon en meestal kwamen de jongens pas als mevrouw Rooze zich al een weg door de gang baande.

'Het was vast vreselijk toen hij zo opeens voor de deur stond,' zei Kim. 'Ik heb altijd al drie dagen van tevoren buikpijn als mijn vader komt, en bij mij is het dan maar twee weken geleden dat ik hem voor het laatst gezien heb, niet dertien jaar.'

Sprotje haalde haar schouders op. 'Ach, zo erg was het nou ook weer niet,' zei ze. 'Ik ken hem niet eens.'

Wat kon ze toch goed liegen. Roos keek haar nadenkend aan. Ze was vermoedelijk de enige die kon raden wat er echt schuilging achter Sprotjes onverschillige gezicht.

'Heb je het al aan Fred verteld?' fluisterde ze.

Sprotje schudde haar hoofd.

Margot wenkte Lisa.

'Ben zo terug,' zei Lisa. Ze deed alsof ze niet zo'n haast had. Bijna verveeld slenterde ze de gang door.

Wat een toneelspelers waren ze met z'n allen! Maar wat speelden ze eigenlijk? Speelden ze wat de anderen wilden zien? Of wat ze zelf graag zijn wilden?

'Moet je nou zien!' Melanie trok minachtend haar neus op. 'Margot wenkt en Lisa vliegt. Wat ziet ze toch in die koe? Als ze denkt dat we haar in de club opnemen, dan heeft ze het goed mis. Moet je de kleren van dat mens zien. Ze lijkt wel een hippie.'

'Ze heeft hartstikke leuke kleren, vind ik,' zei Roos. 'Trouwens, Margot kan aantrekken wat ze wil. Ze ziet er altijd prachtig mooi uit.'

'Prachtig mooi?' Melanie bekeek Roos alsof ze bang was dat die haar verstand verloren had. 'Ach, sinds dat nieuwe kapsel van je weet iedereen dat jij aan smaakverwarring lijdt.'

'Ik vind haar ook mooi,' zei Kim. 'En ze maakt zich niet eens op.'

'Bedoel je daar soms iets mee?' Melanie streek haar lange haar uit haar gezicht. 'Als je jullie zo hoort praten, zou je denken dat jullie lesbisch geworden zijn.'

Roos knipoogde samenzweerderig naar Kim. 'Ja precies, wist je dat nog niet?' fluisterde ze tegen Melanie. 'We zijn uit de kast gekomen en nu heb jij al die leuke jongens helemaal voor jezelf alleen.'

Melanie duwde haar zo vinnig weg dat Roos tegen de kapstok aan viel. 'Ik hoef ze helemaal niet!' snauwde ze. 'Je mag ze houden.'

'Nou, als ik lesbisch was,' zei Kim met gedempte stem, 'dan zou ik ter plekke verliefd worden op Margot. Moet je dat haar zien. Net een fee.'

Melanie rolde met haar ogen, maar toen verstijfde ze opeens. Even had Sprotje bijna medelijden met haar, ondanks haar grote mond en de veel te dikke laag lippenstift. Willem kwam de gang door, samen met Fred.

Melanie wist niet waar ze moest kijken. Uiteindelijk toverde ze een krampachtig lachje op haar gezicht, stamelde iets over woordjes die ze nog moest leren en schoot het klaslokaal in.

Fred kreeg het nieuws over Sprotjes vader pas in de grote pauze te horen, want voor Sprotje het hem kon vertellen kwam mevrouw Rooze eraan. In de pauze was vervolgens niet te vermijden dat ook de andere Pygmeeën het te horen kregen.

Willem mompelde iets als: 'Van harte gecondoleerd, Opperkip!' Hij was dan ook altijd jaloers geweest op Sprotje, juist omdat ze geen vader had. Steve beweerde dat hij het gebeuren een week geleden al in zijn kaarten had zien aankomen: 'Natuurlijk!' riep hij, en hij sloeg zich voor zijn hoofd alsof hem zojuist een hele kerstboom vol lichtjes was opge-

gaan. 'De geheimzinnige vreemdeling, die van ver komt en voor grote verwarring zal zorgen. Ik wist alleen niet dat het iets met Sprotje te maken had. Ik dacht dat het een van mijn Spaanse familieleden was!'

Ze geloofden er geen van allen een woord van, behalve Kim; sinds Steve haar een opwindende verhouding met een beroemde popster had voorspeld, was ze heel enthousiast over zijn waarzegkunsten.

En Mat maakte zich heel even los van de lippen van zijn geliefde om te vragen of dit nu betekende dat Sprotjes moeder toch niet met de betweter ging trouwen.

'Hoe kom je daar nou bij?' riep Sprotje geërgerd. Daarna verklaarde ze dat ze verder geen woord aan de zaak vuil wilde maken. Ze nam Fred bij de hand en zocht met hem een stil hoekje op.

'Ik heb toch nog wel een paar vragen,' zei Fred. Ze stonden bij de vijver in het parkje achter de school, waar behalve een paar brugklassers en wat padden niemand te zien was. 'Vertel eens, wat voor type is het? Tenslotte had ik hem honderd jaar geleden nog om je hand moeten vragen.'

Voor straf kieperde Sprotje hem bijna in de vijver.

'Sorry, het was maar een geintje!' lachte Fred. Hij pakte haar bij haar polsen, zodat ze hem niet nog een keer een zet kon geven. 'Ik probeer hem alleen maar voor me te zien. Lijkt hij op jou? Wordt hij al kaal? Heeft hij net zo'n uilenbril als de vader van Mat? Of is het zo'n glad ventje, zo eentje met zo'n hondenblik, je weet wel, zoals die uitslover waar Kim verliefd op is?'

'Nee!' Eindelijk kreeg Sprotje haar handen los.

72

Kim was al een hele tijd hopeloos verliefd op de grootste versierder van de school. Ze zuchtte als hij langsliep, ook al had hij nog nooit ook maar naar haar gekeken. Zoals Steve met zijn vooruitziende blik een keer had vastgesteld: 'Ze zou waarschijnlijk nog de zakdoeken inlijsten waarmee die gast zijn neus snuit.'

'Goed, hij is dus piepklein, met korte beentjes en hij komt net tot aan je moeders navel.'

'Ik wil niet over hem praten.' Sprotje hurkte naast de vijver en stak haar hand in het koele water. Ik wil niet eens aan hem denken, voegde ze er in stilte aan toe. Ik wou dat hij nooit gekomen was, dat ik niets van zijn brieven afwist, nooit zijn stem had gehoord en nooit zijn gezicht had gezien, en dat mijn moeder hem niet had nagekeken alsof ze nog steeds verliefd op hem was, ook al stond hij na dertien jaar plotseling weer voor de deur.

Kijk nou, ik denk aan niets anders meer! dacht ze kwaad.

Ze kon zichzelf wel slaan.

'Vertel me dan op zijn minst wat voor werk hij doet. Kom op nou.' Fred gaf haar een por in haar zij.

'Hij is fotograaf,' mompelde Sprotje.

'Fotograaf? Zo een voor bruiloften en partijen?'

'Nee.' Sprotje viste wat kroos uit de vijver en wreef het tussen haar vingers fijn. 'Hij reist rond en fotografeert voor tijdschriften van die ruïnes, steden, gorilla's, weet ik veel...'

'Echt?' Zo te horen was Fred onder de indruk.

Sprotje fronste haar voorhoofd. 'Kunnen we het nu eindelijk over iets anders hebben?'

'Oké, best hoor!' Fred keek naar de lucht. 'Laten we het

over iets belangrijkers hebben, iets veel interessanters. Laten we het hebben over ons feest. Willem neemt natuurlijk zijn nieuwe vriendin mee. Denk je dat Mel daartegen kan?'

Sprotje zuchtte. Nog een probleem. Stonden die tegenwoordig soms voor haar in de rij? Ze stak haar hand weer in de koele vijver. Een schaatsenrijder schreed heel vanzelfsprekend over het gladde oppervlak, alsof hij over glas liep. Zo'n vijver moeten wij ook hebben, dacht Sprotje. Dat zou heel mooi zijn, naast de caravan.

'Dat ze niet uit haar dak gaat als ze die twee samen ziet,' ging Fred verder. 'Dat kan de sfeer namelijk behoorlijk om zeep helpen.'

'Weet ik veel.' Sprotje haalde haar schouders op. 'Mel heeft geen nieuwe vriend, als je dat soms bedoelt. Al gaat ze wel met allerlei jongens uit.'

Fred knikte. 'Nou ja, jullie kunnen dat van Willems vriendin van tevoren tegen haar zeggen,' mompelde hij. 'Als ze erop voorbereid is houdt ze zich misschien een beetje in...'

'Roos komt met Mike. Weet je zeker dat Mat dat trekt?' Sprotje wist zelf niet waarom ze dat zei. Mat was inderdaad een hele tijd gruwelijk jaloers op Mike geweest, maar dat was over, en waarom nam ze Melanie eigenlijk in bescherming? Ze kon Freds bezorgdheid maar al te goed begrijpen. Mel was onuitstaanbaar de laatste tijd... maar ze was en bleef een Wilde Kip en Sprotje had met haar te doen. Iedereen kon zien dat ze nog steeds smoorverliefd op Willem was.

'Met Mat gaat het goed,' zei Fred. 'Die heeft nu Jasmijn. En ze lijkt als twee druppels water op Roos.'

Sprotje moest lachen. 'Ja, dat was mij ook al opgevallen.'

'Het is iedereen opgevallen, behalve Mat.' Fred trok haar overeind. 'Kom. De bel gaat zo.' Hand in hand slenterden ze terug naar school. Het maakte Sprotje allang niet meer uit dat iedereen kon zien dat ze iets met elkaar hadden. Integendeel, ze vond het juist wel leuk. Ze vond het fijn om bij iemand te horen. 'En hoe zit het met Lisa?' vroeg ze, terwijl ze langs een stel zesdeklassers schuifelden. 'Denk je dat ze... Margot mee-neemt?'

Fred haalde zijn schouders op. 'Ik hou haar niet tegen. Steve heeft Margot trouwens ook uitgenodigd. Hij heeft de hele toneelclub gevraagd en zijn Spaanse familie erbij. Dat wordt lachen, ze spreken namelijk alleen maar Spaans. Leer dus maar vast een beetje gebarentaal.'

'Doe ik,' zei Sprotje.

'En dan nog wat,' fluisterde Fred in haar oor. 'Neem gerust je vader mee!'

Voor straf joeg Sprotje hem na tot in de klas.

Het werd een lange schooldag, grijs en onmetelijk als de lucht buiten. Zelfs de leraren leken de maandagziekte te hebben, en in het laatste uur bekroonde hun leraar Engels de dag met de mededeling dat ze vrijdag een proefwerk zouden krijgen. Vrijdag!

'Shit, hoe stelt hij zich dat voor?' mopperde Fred toen de Wilde Kippen met de Pygmeeën naar hun fietsen liepen. 'We moeten een feest voorbereiden! Hoe moet ik dan ook nog mijn Engels leren?'

'Ik denk niet dat de leraren jullie feest in hun agenda hebben staan,' zei Lisa spottend. 'Of hebben jullie ze uitgenodigd?'

Fred keek haar geërgerd aan en schopte een leeg colablikje aan de kant. Rammelend rolde het onder het fietsenrek.

'Je moet nog wel een beetje leren, Fred! Het zou toch stom zijn als je vanwege een feestje bleef zitten.' Roos klonk echt bezorgd. Ze was tot nu toe niet erg tevreden met de resultaten van haar wiskundebijles, dat had ze Sprotje in het weekend toevertrouwd.

'Wie heeft het hier over blijven zitten? Ik heb toch aardige

Kippen in de klas.' Fred wierp Roos een kushandje toe. Dat beviel Sprotje niets, ook al vond ze het kinderachtig van zichzelf.

'Trouwens, ik sta minstens een zes voor Engels,' zei Fred koppig. 'En eigenlijk zou ik nog beter moeten staan. *I am perfect in English that can everyone hear.*'

Lisa trok een gezicht alsof hij haar op haar tenen had getrapt. 'Zo, nou, dat horen we zeker!' zei ze. 'Ik denk dat jullie het feest maar moeten verzetten.'

'Maar dat kan niet!' riep Mat verontwaardigd. 'We hebben het al tegen honderd mensen gezegd.'

Sprotje pakte Freds hand. 'We kunnen toch samen leren,' zei ze.

'Jullie twee?' Lisa keek haar weifelend aan. 'Ik wil je niet beledigen, maar Engels kunnen jullie allebei beter met iemand anders leren.'

Sprotje kon alleen maar somber zwijgen. Lisa had natuurlijk gelijk. Sprotje was niet bepaald een kei in Engels, ook al had ze voor haar laatste proefwerken zessen gehaald, en geen drieën en vieren, zoals vorig jaar. Sprotje gaf het niet graag toe, en ze had het de anderen nooit verteld, maar deze geruststellende verbetering had ze te danken aan de betweter. Avonden lang had hij haar met engelengeduld de geheimen van de Engelse grammatica uit de doeken gedaan. Haar moeder had dat ook al een keer geprobeerd, maar die had net zo weinig talent voor lesgeven als Sprotje voor Engels.

Misschien wilde de betweter Fred ook wel helpen.

'Jongens, zullen we school nu even vergeten?' riep Mat geprikkeld. 'Jullie verpesten mijn humeur. Heb je ze al verteld

waar ze zich tot vrijdag aan moeten houden?' Hij keek Fred vragend aan.

Fred wierp nog een duistere blik op het schoolgebouw, alsof het die dag alle ellende van de wereld in zich borg. 'Nee,' mompelde hij.

'Oké, dan zeg ik het wel.' Mat sprak de woorden genietend uit: 'Luister goed! Tot aan het feest, dat wil zeggen, vanaf nu tot vrijdagavond 19.00 uur, geldt voor onze boomhut en directe omgeving een strikt, ik herhaal, een strikt Kippenverbod! Mochten we toch een gevederd vriendinnetje betrappen, dan zullen de gevolgen verschrikkelijk en genadeloos zijn. En dat geldt natuurlijk ook,' voegde hij er met een boosaardig lachje in Sprotjes richting aan toe, 'voor de lievelingskip van de baas.'

'Sorry,' zei Fred toen Sprotje hem ongelovig aankeek. 'Maar dat hebben we nu eenmaal besloten. Tot vrijdag geen Kippenbezoek.'

'Allemachtig, nu maken ze al een geheim van een simpel feestje.' Melanie trok haar neus op en streek het haar uit haar gezicht. 'Ik weet trouwens nog niet eens of ik wel kom.' Ze keek niet naar Willem terwijl ze dit zei, maar iedereen wist dat die laatste opmerking aan zijn adres gericht was.

'Toe nou, Mel. Dat kun je niet maken!' Steve sloeg een arm om haar schouders. 'Er hebben al allerlei jongens gevraagd of jij ook komt. Wat moeten we dan tegen ze zeggen?'

'Echt?' Melanie keek hem wantrouwig aan, maar Steve vertrok geen spier.

'We moeten gaan!' Fred gaf Sprotje een afscheidskus en sprong op zijn fiets. 'We bellen!' riep hij nog, en daarna fiets-

ten ze met z'n allen weg. Mat trapte zoals gewoonlijk keihard door om Fred en Willem voor te blijven en Steve had moeite om niet gelost te worden.

De Wilde Kippen bleven alleen op het schoolplein achter. 'En wij?' vroeg Roos. 'Wat doen wij met deze grijze dag?'

'Ik moet naar huis,' zei Kim. 'Ik... heb nog iets te doen.'

'Iets te doen?' Melanie keek haar nieuwsgierig aan. 'Dat klinkt geheimzinnig, zeg.'

Kim haalde alleen haar schouders op, glimlachte verlegen naar haar vriendinnen (haar ogen waren nog steeds een beetje rood door de contactlenzen) en fietste haastig weg. Melanie vermoedde natuurlijk meteen dat er een romantische reden voor was, maar Sprotje was daar niet zo zeker van.

'Ik moet er ook vandoor,' zei Lisa. 'Dat proefwerk leren. Haal het niet in je hoofd om vandaag alweer naar die caravan te gaan!' zei ze met de stem van haar moeder. 'Als je schoolprestaties zo achteruit blijven gaan, moeten we maar eens serieus over een internaat gaan denken.'

De anderen keken haar geschrokken aan. 'Zei ze dat?' vroeg Roos.

'O, zulke dingen zegt ze de hele tijd.' Lisa keek naar de grijze lucht en trok de ritssluiting van haar jack tot onder haar kin dicht. 'Zo'n beetje elke keer dat er geen tien boven een proefwerk staat. Ik hoor het al niet eens meer. Het gaat er hier in...' ze trok aan haar linkeroorlelletje en daarna aan haar rechter, '...en daar weer uit.' Met verdraaide stem vervolgde ze: 'Als je maar half zoveel energie in je school stopte als in die toneelclub, dan had je vast allang een klas overgeslagen! Wat zeg ik, twee, drie klassen! Nee, je zou al afgestudeerd zijn!'

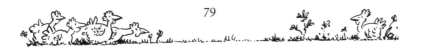

Roos kreeg vreselijk de slappe lach. Lisa kon het toontje van haar moeder zo bedrieglijk echt nadoen dat je onwillekeurig rondkeek of je haar ergens zag.

'Tot later.' Lisa haalde haar fiets uit het fietsenrek en stapte op. Voor ze wegreed draaide ze zich nog een keer onzeker naar Sprotje om. O ja, ze herinnerde zich wat er gisteren gebeurd was, ze herinnerde het zich maar al te goed. 'Ik wil best met Fred samen leren,' zei ze. 'Woensdag heb ik tijd.'

Sprotje knikte. 'Dank je,' mompelde ze. Peinzend keek ze Lisa na. Had die echt zo'n haast vanwege dat proefwerk of ging ze...?

'Zo, Opperkip?' Roos sloeg een arm om haar schouders en keek haar vragend aan. 'Je kijkt alsof je over de zin van het leven of iets anders belangrijks nadenkt.'

Heel even had Sprotje de aanvechting om Roos over Lisa en Margot te vertellen, over wat Fred had gezegd, en dat ze die twee bij de caravan hadden verrast, maar Melanie stond er nog bij en Sprotje wist niet zeker of dit nieuws wel veilig was bij Mel. Het kon zijn dat morgen de hele school over Lisa praatte als Melanie het te weten kwam, ook al zag die eruit alsof ze op het moment genoeg had aan haar eigen zorgen.

Ze maakte echt een doodongelukkige indruk zoals ze daar stond, zo verloren, bijtend op haar onderlip. Ze had de roze lippenstift er al helemaal afgekloven.

Roos stootte Sprotje aan.

'Hé, Mel,' zei Sprotje.

Melanie kromp in elkaar alsof Sprotje haar uit een andere wereld terug had gehaald, een wereld waarin jongens vast en

zeker niet verliefd werden op de vriendin van je grote zus.

'Wat denk je van een gezellig middagje met z'n drieën in de caravan?' zei Sprotje. 'We zouden dat proefwerk alvast een beetje kunnen leren... Als we tenminste niets beters verzinnen.'

Melanie knikte dankbaar. 'Geweldig plan!' zei ze met schorre stem. 'Thuis zit ik alleen met mijn zus. Mijn moeder werkt nu ook 's middags.' Melanies vader was lang, heel lang werkloos geweest en had net weer een nieuwe baan, maar wel driehonderd kilometer van huis, zodat hij maar om het weekend thuis was. Melanies moeder werkte als caissière in een supermarkt. 'Eerlijk waar,' had Mel een keer verteld, 'als ze 's avonds thuiskomt kan ze geen cijfers meer zien, zelfs niet die op de afstandsbediening van de tv, maar het ergst vindt ze het gezeur van al die mensen. Het lijkt soms wel alsof ze al hun gezeik opsparen om het er bij de kassa in de supermarkt in één keer uit te gooien, zegt ze, als kleingeld dat je kwijt wilt.'

'Bij mij is er ook niemand thuis,' zei Roos. 'Mijn broertje is naar een partijtje, mijn andere broer zit bij zijn vriendin en mijn ouders werken allebei. Dus staat niets een mooie Kippenmiddag in de weg.'

'Ja, maar we maken niet het kippenhok schoon!' waarschuwde Melanie. 'Zoals de laatste keer toen we het gezellig gingen maken.'

'Absoluut niet,' beloofde Sprotje. 'We moeten alleen nog even Bella bij mijn oma ophalen, anders komt ze vandaag weer de deur niet uit.'

Daar hadden Melanie en Roos niets op tegen.

'Als ik maar buiten mag blijven wachten,' zei Melanie nog.

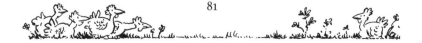

'Die ijskoude blik waarmee je oma altijd naar me kijkt, die kan ik er vandaag niet bij hebben.'

Dat kon Sprotje zich maar al te goed voorstellen.

Roos had ook geen zin in een ontmoeting met oma Bergman. Zij en Melanie bleven bij het tuinhek staan, terwijl Sprotje naar binnen ging om Bella's riem te pakken.

'Ja, ja, natuurlijk mag je mee,' zei ze toen Bella aan haar vingers begon te likken en zo opgewonden om haar heen sprong dat Sprotje twee keer bijna omviel. 'Heeft ze je wel te eten gegeven? Of vindt ze vandaag weer eens dat je te dik wordt?'

Sprotjes oma was in de keuken.

Ze zat op de kruk die ze tegenwoordig voor de afwas bij de gootsteen zette, omdat staan haar zo'n moeite kostte. Ze had haar jas aan en op haar hoofd stond dat gekke hoedje dat ze afgelopen winter had gekocht.

Sprotje bleef in de deuropening staan en keek haar verbaasd aan.

'Wat kijk je nou? Ik heb een afspraak bij de dokter,' zei O.B. 'De pijn is in het weekend nog erger geworden.'

'Daar heeft mama niets over gezegd.' Sprotje nam Bella's riem van de haak waaraan hij altijd hing.

'Omdat ze er niets van weet.'

'Wat?' Sprotje maakte de riem aan Bella's halsband vast. 'Hoezo? Wie brengt je er dan heen?' O.B. was veel te gierig om een gewone taxi te bellen.

Sprotjes oma streek haar jas glad. Hij was natuurlijk grijs, net als dat belachelijke hoedje op haar haar, dat nog altijd zo dik was als dat van een jong meisje. 'Je denkt toch niet dat ik

je moeder nog ergens om vraag, na wat ze me gisteren allemaal naar mijn hoofd geslingerd heeft?'

Sprotjes moeder was heel zwijgzaam geweest toen ze van
O.B. terugkwam, maar ze had rode vlekken in haar gezicht
gehad en dat was meestal een duidelijk bewijs van een knal-
lende ruzie tussen die twee.

'Wat ze ook gezegd heeft...' Sprotje trok Bella naar zich toe,
'...je zal het wel verdiend hebben.'

'O ja? Wat heb ik dan voor vreselijks gedaan? Jij hebt je vader eindelijk te zien gekregen. O, wat erg! Jij en die Kippenvriendinnen van je, jullie mogen uitgebreid proberen je moeder te koppelen, maar als ik probeer te voorkomen dat ze met
dat leeghoofd trouwt...'

'Dat was iets heel anders.' Sprotje werd rood. Ja, de Wilde Kippen hadden inderdaad een keer een huwelijksadver-
tentie voor Sprotjes moeder gezet, maar dat was toen ze naar
Amerika wilde emigreren, en Sprotje wilde niet naar Amerika. Daar had je geen Wilde Kippen. Niet één.

'Ach ja. Dat was natuurlijk iets heel anders.' Sprotjes oma
stopte ongeduldig een plukje haar onder haar hoed. 'Ik blijf
erbij, ze staat op het punt om met de verkeerde man te trouwen en ik heb alleen maar geprobeerd haar dat duidelijk te
maken.'

'Jij kunt helemaal niet weten of hij bij haar past!' Sprotje
kon er niets aan doen, ze begon steeds harder te praten. 'Je
kent haar helemaal niet! Voor geen meter! Zelfs die betweter
kent mama beter dan jij.'

Haar oma bekeek haar met een gezicht van steen. 'Natuurlijk,' zei ze met een spottend lachje. 'Dat heb je van haar: als je

het niet meer weet, begin je te schreeuwen. Dat bevestigt alleen maar dat ik gelijk heb. Je hebt een vader nodig, en dringend ook, maar niet zo een als die rijinstructeur, die je grote mond altijd maar van je pikt.'

Sprotjes hart begon wild te kloppen, alsof het elk moment uit haar borst kon barsten. Waarom maakten die rotopmerkingen haar toch altijd zo kwaad? Wat kon het haar schelen wat er in dat verbitterde hoofd omging? Bella trok aan de riem en begon te blaffen.

'Ik moet weg.' Sprotje kroelde de hond over haar kop, maar Bella liet zich niet kalmeren. En toen hoorde Sprotje het ook. Er kwam iemand binnen.

'Daar zul je hem hebben. Ach ja, een man van de klok is hij nooit geweest,' zei haar grootmoeder terwijl ze ging staan. Ze moest zich aan de tafel vasthouden om overeind te komen, maar Sprotje hielp haar niet.

'Wie?' vroeg ze. Ze hoorde voetstappen in de smalle gang.

'Alma?' Sprotjes vader stak zijn hoofd naar binnen. Bij de aanblik van zijn dochter werd hij een beetje wit om zijn neus. Bella kwispelstaartte toen ze hem zag, maar toen ze ook nog tegen hem op wilde springen trok Sprotje haar ruw terug.

'Ik ben zover. Je dochter ken je inmiddels,' zei oma Bergman zonder Sprotje een blik waardig te keuren. Moeizaam strompelde ze langs haar.

'Wacht, ik help je,' zei Sprotjes vader. Hij pakte haar bij haar arm en ze duwde zijn hand niet weg.

'De dokter zit op de Grote Markt,' hoorde Sprotje haar oma zeggen, 'pal naast de bank.'

Ik draai haar de nek om! dacht Sprotje. Ik draai haar die

magere nek om! Op de gang wrong ze zich langs het tweetal, ook al duwde ze haar oma bijna omver. Ze moest naar buiten, dat kleine, benauwde huisje uit, dat opeens zo naar boosaardigheid rook. 'Met zo'n moeder heb je geen vijanden nodig,' had Sprotjes moeder een keer gezegd, nadat ze weer eens ruzie met O.B. had gehad.

Zoals ze hem aankeek! En o, wat klonk ze vriendelijk: 'Dank je wel hoor. Zou je de deur voor me op slot willen doen? Twee keer omdraaien alsjeblieft.' De honing leek van haar smalle lippen te druipen. Sprotje werd bijna misselijk van kwaadheid.

Zonder nog een blik aan die twee te verspillen liep ze met Bella naar het tuinhek. Roos en Melanie stonden met grote ogen op haar te wachten. Kennelijk hadden ze al geraden wie dat was, die daar bij oma Bergman op bezoek kwam.

'Is dát je vader?' fluisterde Melanie zodra Sprotje het hek opendeed. 'Jemig, ik wist niet dat vaders zo knap konden zijn! En je moeder is serieus van plan om met de betweter te trouwen?'

'Hou op, Melanie,' Roos duwde Melanie naar haar fiets, wat nog niet meeviel, want Melanie keek de hele tijd om.

Sprotje raakte verstrikt in Bella's riem. Zachtjes vloekend wikkelde ze het ding van haar benen, sprong op haar fiets en ging ervandoor.

'Hé, wacht nou!' riep Melanie, maar Sprotje keek niet om. Pas aan het eind van de straat haalden de anderen haar in.

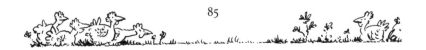

'Je lijkt wel een beetje op hem,' verklaarde Melanie toen ze naast elkaar de straat uit fietsten. 'Tenminste, ik bedoel, voor zover een meisje op haar vader kan lijken. Je ziet er natuurlijk anders uit, maar die ogen en die mond, nou...'

'Hou op, Mel!' viel Roos uit. 'Je ziet toch dat ze er niet over wil praten.'

Toch begon Melanie nog minstens tien keer over hetzelfde onderwerp, hoewel Roos elke keer meteen haar mond dichthield.

Ze fietsten nog langs een bakker om drie stukken boterkoek te kopen; toen gingen ze definitief op weg naar de caravan. Daar dekten ze het tafeltje voor het raam met het kippenservies dat Roos voor kerst had gekregen, en grootmoedig aan de club had geschonken, en ze zetten een pot thee van de nieuwe zakjes die Kim in het kastje boven het aanrecht had gelegd: *Jungle fever*. Er zaten minuscule bloemblaadjes in, blauw en donkerrood en oranje, en het rook echt heerlijk naar verre, warmere streken. Na twee kopjes werd Sprotjes hart langzamerhand weer rustig, maar echt goed ging het nog steeds niet met haar. Roos merkte dat natuurlijk. Roos merk-

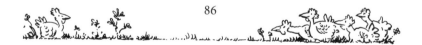

te het altijd als het niet goed ging met iemand. Melanie merkte dat meestal alleen bij zichzelf.

'Roos heeft een te dunne huid,' zei Kim altijd. 'Alle narigheid gaat er dwars doorheen. Soms denk ik, er hoeft maar iemand langs te lopen die verdrietig is en Roos is ook verdrietig, alsof het leed van de hele wereld door haar huid sijpelt, als je snapt wat ik bedoel.'

Ja, Sprotje snapte wat Kim bedoelde. Kim vond meestal precies de juiste woorden om mensen te beschrijven, en Roos was helemaal zoals ze gezegd had. Sprotje kon het weten. Sinds de kleuterklas waren Roos en zij de allerbeste vriendinnen, met alles wat daarbij hoort: ruzie, verzoening, gedeelde geheimen – en verliefd zijn op dezelfde jongen.

Soms, als Roos van haar vrijwilligerswerk kwam (Roos was al heel lang lid van Terre des Hommes, een kinderrechtenorganisatie), was ze nauwelijks aanspreekbaar, zo verdrietig was ze van de dingen die daar waren besproken, en van haar eigen machteloosheid. Want als Roos iets verdrietigs zag, moest ze er iets aan doen. Ze werd gek als dat niet lukte. 'Weet je? Je maakt je nog eens van kant, als je de hele tijd over dat soort dingen nadenkt!' had Lisa op een keer gezegd. Ze hadden samen thee zitten drinken en Roos had verteld over meisjes die niet naar school mochten en op elfjarige leeftijd uitgehuwelijkt werden, over achtjarige jongetjes die van 's ochtends vroeg tot 's avonds laat tapijten knoopten, over kinderen die door hun ouders verkocht werden. 'Je kunt de wereld niet redden. De wereld is altijd zo geweest,' had Lisa gezegd, en Roos had geïrriteerd geantwoord: 'Dat weet ik ook wel! Maar er zijn ook altijd mensen geweest die het toch probeerden.

Die gewoon hun best deden om er iets aan te doen. Al was het maar een heel klein beetje. Al help je maar één iemand. Dat is toch beter dan niets? Stel je voor dat iedereen één ander iemand zou helpen, dan waren we al een heel eind. Trouwens...' en daarbij had Roos een tikje tegen Lisa's jack gegeven, op de plaats waar haar waterpistool zat, '...ik snap niet waar uitgerekend jij je zo druk om maakt. Jij bent toch precies zo. Jij zou er maar al te graag opuit trekken om voor Robin Hood te spelen.'

Dat had Lisa natuurlijk niet kunnen ontkennen. Ze had er een vinger voor gegeven om Robin Hood te zijn. Misschien wel twee.

De drie Wilde Kippen zaten een hele tijd bij elkaar. Ze dronken zoveel thee dat ze uiteindelijk aan één stuk door naar de wc moesten, aten na de boterkoek nog een bordje roerei, gemaakt van de eieren van hun eigen kippen, wat de vriendinnen altijd weer trots maakte, deden het huiswerk dat niet te vermijden was, overhoorden elkaar Engelse woordjes en probeerden te bedenken wat de Pygmeeën allemaal van plan waren voor hun feest. Dat was voor Sprotje natuurlijk een goede gelegenheid om Melanie erop voor te bereiden dat Willem zijn vriendin mee zou brengen, maar Mel zag er gelukkiger uit dan ze in lange tijd geweest was en daarom zei Sprotje niets.

Het was al zeven uur toen ze de afwas deden en hun schoolspullen inpakten. Melanie had opeens haast om thuis te komen, want haar lievelingsserie begon bijna. Waarmee Sprotje en Roos haar natuurlijk flink plaagden voor ze haar lieten gaan. Toen Melanie weg was, besloten ze nog even met Bella te gaan wandelen, 'maar niet de kant van de boomhut op,' zei

Roos. 'Je hebt het gehoord, daar geldt weer eens een streng Kippenverbod, en we willen niet geplukt en gebraden worden.'

Ze namen het bospad de andere kant op, langs de camping die een paar meter van het pad zo goed als verlaten tussen de bomen lag. In de speeltuin daarachter maakte Sprotje Bella vast aan het klimtoestel, zodat ze niet in de zandbak zou plassen, en lieten Roos en zij zich een paar keer van de kletsnatte glijbaan glijden. Daarna gingen ze op de schommels zitten praten. Roos vertelde Sprotje dat Mike nog niet wist of hij vrijdag mee kon naar het feest, maar dat hij in elk geval zaterdag zou komen, en Sprotje vertelde Roos dat Fred zich zorgen maakte over wat Mel zou doen als ze Willem op het feest met zijn vriendin zag zoenen.

Melanie had nog niet gezegd of ze een andere jongen mee zou nemen naar het Pygmeeënfeest; ze had alleen een paar vage opmerkingen gemaakt, bijvoorbeeld dat ze geen zin meer had om met die melkmuiltjes van hun eigen leeftijd om te gaan.

'Ja, ze hangt in de pauze steeds vaker met die jongens uit de vijfde rond,' zei Roos. Ze zaten intussen op de grote wip, waarop Roos anders altijd met haar broertje speelde.

'Ik weet het,' zei Sprotje, 'en ze heeft precies de stomste uitgekozen. Fred zegt dat die gasten zo ongeveer met alle jongens van de school ruzie hebben gezocht.'

Ze was graag nog een hele tijd met Roos op de wip blijven zitten, pratend over al die dingen die er op het moment in haar hoofd en haar hart omgingen, maar na een tijdje begon Bella te janken: speeltuinen zijn saai voor honden. De Wilde

Kippen liepen verder, langs lievevrouwebedstro en vrouwen-mantel en wat Roos verder nog allemaal aan de bosrand zag staan.

'Sprotje,' zei ze op een gegeven moment, 'als je niet wilt hoef je er niet over te praten hoor, maar... zou je je vader toch niet een keertje willen ontmoeten?'

Bella bracht Sprotje een stok. Sprotje pakte hem uit haar bek en slingerde hem tussen de bomen. 'Ik zou niet weten waarom,' mompelde ze. Verdorie, waarom begon haar hart nou meteen weer sneller te kloppen? Had ze stiekem niet al-lang gehoopt dat Roos het onderwerp zou aansnijden?

Bella kwam terug met de stok.

Deze keer gooide Roos hem weg.

Ze kwamen bij een bruggetje. Eronder stroomde een klein, modderig beekje.

'Nee. Ik wil hem niet ontmoeten. Hij wilde niets van mij weten en nu hoef ik hem niet meer,' zei Sprotje. 'Trouwens, van vaders heb je toch alleen maar last. Kijk maar naar Wil-lem en Kim en Melanie.'

'Niet alle vaders zijn zo.'

Sprotje boog zich over de brugleuning en spuugde in het water. 'O nee? En die van jou dan? Die is anders ook niet zo geweldig. Altijd trekt hij je broers voor. Die mogen alles.'

Roos bleef een hele tijd stil.

'Ach, laat ook maar. Ik wil er niet eens over nadenken,' zei Sprotje. 'Het is een zak, dat heeft hij dertien jaar geleden al bewezen. Ik wil niets van hem weten. Trouwens, misschien is hij mijn vader niet eens. Ik vind helemaal niet dat ik op hem lijk.'

'Jawel hoor, je lijkt wel op hem.' Roos bekeek Sprotje van opzij en glimlachte.

'Het zal wel.' Sprotje draaide zich om. 'Kom, laten we teruggaan,' zei ze. 'Ik moet Bella nog naar mijn oma brengen.'

Achter de bomen schemerde het al en de paden lagen er verlaten bij. Het werd heel stil in het bos, alsof de wereld zich te slapen legde.

'Er is nog iets,' zei Sprotje toen ze bij de caravan op hun fiets stapten. 'Ik wilde het er niet over hebben waar Mel bij was...'

Roos keek haar vragend aan.

'Het gaat over Lisa. Het... ach, laat ook maar.'

'Wat?' Roos ging langzamer fietsen.

Sprotje wreef over haar neus. 'Nee, laat maar. Misschien is het ook helemaal niet waar. En wat gaat het ons eigenlijk aan?'

'Wat dan?' Roos begon haar geduld te verliezen.

'Fred denkt... oké... Fred denkt dat ze verliefd is. Om het maar zo te noemen.'

'Om het maar zo te noemen?' Roos lachte. 'Lisa? Op wie dan?'

Sprotje keek naar de lucht, alsof de naam daar geschreven stond, voor iedereen leesbaar. 'Margot. Fred zegt dat ze verliefd is op Margot.'

Zo, dat was eruit.

Roos keek haar verbluft aan.

'Fred zegt dat Steve ze heeft betrapt toen ze achter het toneel stonden te zoenen. En ze waren met z'n tweeën in de caravan, ik bedoel...' Ze zweeg hulpeloos.

Roos zei nog steeds niets.

'Oké, laat maar zitten! Misschien slaat het ook wel nergens op,' stamelde Sprotje. 'Of vind jij dat we met haar moeten praten? Ik bedoel...'

Roos maakte haar zin voor haar af. 'Ik bedoel, het gaat ons niet aan,' zei ze. 'We vragen Mel toch ook niet wat ze precies met welke jongen doet?'

'Dat is zo,' mompelde Sprotje. 'Al zou ze het maar wat graag vertellen.'

Ze moesten allebei lachen. Zwijgend reden ze verder.

'Dom eigenlijk hè,' zei Roos na een tijdje.

'Wat?'

'Nou, de vraag die meteen bij je opkomt.'

Het bloed steeg naar Sprotjes hoofd. 'Welke vraag?'

Roos keek haar spottend aan. 'Dat weet je best. Of Lisa ook al eens op een van ons verliefd is geweest. Díé vraag.'

Sprotjes voet schoot van schrik van de trapper; ze was bijna gevallen. Ja, sinds ze gezien had hoe Lisa naar Margot keek had ze zichzelf die vraag ook al wel tien keer gesteld. Ze had hem alleen nooit durven uitspreken. Ze had hem niet eens in die woorden durven denken.

'Goed dat je het niet aan Mel verteld hebt,' zei Roos. 'Mel de Mannenverslindster – die bijnaam zal ze niet zo erg vinden, maar Mel de Meidengek?' Roos begon te lachen. En als Roos eenmaal begon te lachen, duurde het een hele tijd voor ze er weer mee kon stoppen.

Even later had ze Sprotje aangestoken. Bij het tuinhek van oma Bergman lachten ze nog steeds, maar toen ze eraan dacht dat ze haar oma die dag nog een keer tegen zou komen, werd

Sprotje op slag weer ernstig. Bovendien, stel dat haar vader er nog was? Bij het idee alleen al begonnen haar knieën te knikken.

'Geef maar,' zei Roos, en ze nam de hondenriem van haar over. 'Ik doe het wel even.'

Er bestond gewoon geen betere vriendin dan Roos.

Even na enen schrok Sprotje wakker. Buiten op straat was alles stil, maar uit de keuken kwam het zachte gerinkel van bestek; waarschijnlijk was ze daar wakker van geworden. Als ze lang tv had gekeken of had zitten lezen, maakte haar moeder voor ze naar bed ging soms nog een beker warme melk. Sprotje ging op haar rug liggen en keek naar het raam. De gordijnen waren zoals gewoonlijk open, want Sprotje vond het fijn als de maan in haar kamer scheen. Maar vandaag was er geen maan te bekennen. Er was ook niet één ster te zien, de nacht was zo grijs als de kleren van haar oma. Huiverend keerde Sprotje zich van het raam af, trok het dekbed op tot aan haar neus en probeerde weer te gaan slapen. Maar toen herinnerde ze zich opeens haar droom. Ja! Ze had gedroomd dat Mel en Lisa gingen trouwen. Mel zag eruit als die etalagepoppen in de bruidskledingwinkel en Lisa had haar Mercutio-kostuum uit *Romeo en Julia* aan. Roos strooide kippenveertjes en Kim maakte foto's, en een van hun kippen, Salambo, pikte kakelend naar Mels trouwjurk. O.B. was er ook, met Sprotjes vader, en haar moeder stond naast de betweter...

Kreunend stopte Sprotje haar gezicht in haar kussen. Hoe

kon een mens zoveel onzin bij elkaar dromen?

Uit de keuken kwam glasgerinkel en Sprotje hoorde haar moeder gesmoord vloeken. Daarna hoorde ze een kreet van pijn en nog meer gevloek. Sprotje sloeg geeuwend haar dekbed terug en liep op blote voeten haar kamer uit.

Haar moeder hurkte op de keukenvloer, tussen de scherven en de warme melk, en keek bedroefd naar haar hevig bloedende vinger. 'Niet binnenkomen!' zei ze toen Sprotje in de deuropening bleef staan. 'De scherven liggen helemaal tot in de gang. Shit, tegels in de keuken zijn echt verschrikkelijk. Alles spat uit elkaar alsof je er met een hamer op hebt staan rammen. Au, jasses, die snee is diep! Shit, shit, shit!'

'Ik haal een pleister voor je.' Sprotje liep naar de badkamer. Toen ze terugkwam, had haar moeder de scherven zo goed en zo kwaad als het ging bij elkaar geveegd. Sprotje trok toch maar even haar schoenen aan voor ze de keuken in ging.

'Ik doe vandaag echt alles fout,' mompelde haar moeder, terwijl Sprotje de pleister om haar vinger deed. 'Weet je dat ik vandaag bijna een ongeluk heb veroorzaakt? En toen kreeg ik ook nog ruzie met Ruben over de uitnodigingen voor die stomme trouwerij!' Ze snifte.

Sprotje haalde een stukje keukenpapier voor haar. Ze veegde de scherven met stoffer en blik bij elkaar, gooide ze in de prullenbak en begon de melk op te dweilen.

'Dank je wel,' zei haar moeder. 'Waarom ben je wakker? Kan je niet slapen?'

'Ik hoorde je vloeken. En ik droomde zoiets geks.'

'Wat dan?'

'O, niets.'

Sprotje spoelde de vaatdoek uit en bukte nog een keer. 'Zal ik nieuwe melk voor je opwarmen?'

Haar moeder schudde haar hoofd en keek treurig naar de pleister om haar vinger. 'Nee, dank je,' zei ze zacht.

Sprotje raapte nog een laatste scherf van de vloer op en gooide hem in de prullenbak. 'Je hebt je lievelingsglas kapotgegooid,' verklaarde ze.

Haar moeder knikte. 'Brengt dat geluk of ongeluk?'

'Dat zou ik aan Steve moeten vragen. Die heeft daar verstand van.'

'Ongeluk. Ik gok op ongeluk.' Haar moeder streek een lok haar achter haar oren en keek Sprotje aan. 'Hoe was jouw dag?'

Sprotje liep naar de koelkast. Ze pakte een beker yoghurt, al had ze eigenlijk helemaal geen trek in yoghurt. 'Ik heb hem vandaag weer gezien,' zei ze.

'Wie?'

'Hij heeft oma naar de dokter gebracht. Jou zou ze zoiets nooit meer vragen, zei ze. Na alles wat je tegen haar gezegd hebt. Hopelijk waren er een paar heel gemene dingen bij.'

Haar moeder zette haar ellebogen op de keukentafel en begroef haar gezicht in haar handen. Toen ze weer opkeek probeerde ze te glimlachen, maar het lachje was meteen weer verdwenen. 'Ik moet nu echt een sigaret hebben,' zei ze. 'Pak jij er een voor me? Jij weet waar ze liggen.'

'Wat? Ben je gek geworden?'

Haar moeder rookte nu ruim een halfjaar niet meer, voor de zoveelste keer eigenlijk, want ze was al eerder gestopt (en weer begonnen). Ze had Sprotje opdracht gegeven haar laat-

ste sigaretten (wel drie pakjes) te verstoppen. Citaat: 'Want weggooien zou zonde zijn, daar zijn ze veel te duur voor.' Daarom wist Sprotje natuurlijk waar ze lagen.

'Toe nou! Kom op, ik beloof je dat het bij die ene blijft. Heilig Kippenerewoord!'

'Ik denk er niet aan! Trouwens, Mosterman heeft het je verboden.' Dat had die betweter inderdaad. Hij had Sprotjes moeder op een fantastische preek onthaald, over hoe schadelijk die sigarettenrook niet alleen voor haar was, maar ook voor haar dochter. Als Sprotje er goed over nadacht, was er eigenlijk niet zoveel op hem aan te merken (behalve dan dat hij soms een betweter was). Haar vader rookte vast ook. Hij zag er in elk geval wel uit als een roker.

'We hoeven het toch niet tegen hem te zeggen,' zei haar moeder. 'Nou, vooruit!'

'Ik heb ze weggegooid,' zei Sprotje.

'Niet waar!'

'Wel waar.'

Haar moeder keek zuchtend naar de vinger met de pleister. 'Sorry,' mompelde ze. 'Ik ben helemaal de weg kwijt.'

'Vanwege de trouwerij?' vroeg Sprotje, maar ze wist best dat haar moeder waarschijnlijk iets anders bedoelde. Of beter gezegd, iemand anders...

Haar moeder stond op en liep naar de voorraadkast. 'Oké,' zei ze, 'als ik geen sigaretten krijg, dan moet ik op zijn minst chocola hebben. Ze zeggen toch dat je van chocola gelukkig wordt?'

Ze gooide een reep chocola op tafel, brak een groot stuk af en zette haar tanden erin. 'Shit, wat is dat hard!' mopperde ze.

'Je breekt er bijna je tanden op.'

'Mam? Je wilt de bruiloft afblazen hè?' Al maanden wilde Sprotje niets liever, en nu was ze bang dat haar moeder ja zou zeggen. Maar die zat alleen met een bedrukt gezicht aan de veel te harde chocola te knabbelen.

Het duurde een hele tijd voor haar moeder antwoord gaf. 'Ik weet het niet,' zei ze uiteindelijk. 'Ik weet het allemaal niet meer zo goed. Het is één grote chaos in mijn hoofd. Wat heb ik toch? Je grootmoeder heeft gelijk: ik ben een mislukkeling, een complete mislukkeling. Gelukkig schijn jij dat niet geërfd te hebben. Het gaat toch goed met Fred en jou?'

Sprotje speelde verlegen met haar yoghurt. 'Ja, hoezo?'

'Gewoon. Bij jullie is het allemaal zo eenvoudig: jullie zijn verliefd, jullie zijn een stel, jullie maken niet de hele tijd ruzie...'

'Nou, soms wel hoor... En trouwens, dat is toch iets heel anders, mam.'

'Hoezo?' Haar moeder stond op om een glas water te pakken. 'God, wat krijg je een dorst van die chocola,' mompelde ze toen ze weer ging zitten. 'En je wordt er nog dik van ook.'

'Ik ben niet van plan om met Fred te trouwen,' zei Sprotje.

'Nee, nu natuurlijk nog niet, maar misschien...'

'Mam!' Sprotje voelde dat ze weer eens moest blozen. Roodkapje noemde Fred haar altijd, als hij haar ermee wilde plagen.

'Ja ja, rustig maar. Ik meende het niet zo serieus. Jullie...' ze keek Sprotje onzeker aan, '...ik bedoel, jullie... je weet wel, ik wilde het de hele tijd al vragen, maar...'

'O, mam! Nee!' Sprotje wist niet waar ze moest kijken.

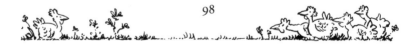

'Mooi zo.' Haar moeder klonk opgelucht. 'Ik moest er gewoon aan denken, want toen jullie die keer samen wilden gaan kamperen...'

'Mam, praat er nou niet overheen! Hoe zit het nou met die trouwerij?'

Haar moeder pulkte aan de pleister en zweeg.

'Kun je met iemand trouwen,' vroeg ze na een tijdje, zonder Sprotje aan te kijken, 'als je van iemand anders hartkloppingen krijgt?'

Sprotje beet op haar lip.

'Dat slaat toch nergens op?' Haar moeder probeerde te lachen, maar dat mislukte jammerlijk. 'Ik bedoel, je wordt door zo'n vent in de steek gelaten, met kind en al, je ziet hem dertien jaar niet en dan staat hij voor de deur en klopt je hart in je keel.'

'Nou, dan mag je hem dus gewoon nooit meer zien!' Sprotje gaf zo'n harde klap op de keukentafel dat het lege yoghurtbekertje omviel. 'Daarom heb je hem toch ook nooit teruggeschreven? Zodat dit niet kon gebeuren? En het was ook niet gebeurd als oma zich er niet mee bemoeid had.'

Haar moeder keek haar geschrokken aan. 'Je weet van zijn brieven?'

Sprotje knikte. 'O.B. heeft het me verteld.' Ze draaide aan het ringetje om haar linkerwijsvinger, dat Fred haar voor haar verjaardag had gegeven. Melanie was bijna ontploft van jaloezie. 'Zie je wel!' had ze gezegd. 'Daaraan had ik het moeten merken! Willem heeft me nooit een ring gegeven. En ik vond dat niet eens raar, stomme trut die ik ben.'

Sprotje voelde dat haar moeder naar haar keek. 'Ben je

boos op me, dat ik nooit teruggeschreven heb?'

'Nee! Hoe kom je daar nou bij?' vroeg Sprotje verrast. 'Ik had ook niet teruggeschreven.'

'Echt niet?'

'Nee, echt niet.' Misschien had Sprotje toen ze vijf of zes was een ander antwoord gegeven. Op die leeftijd had ze een tijdje stiekem vaders getekend. Sommige vaders hadden een baard, de meesten rood haar zoals zij, en ze hadden allemaal een lach op hun gezicht, zo'n brede lach als je alleen maar tekent wanneer je vijf of zes jaar bent.

Maar haar vader had geen rood haar.

'Oma zegt altijd dat je alleen maar zo brutaal bent omdat je nooit een vader hebt gehad.'

'Wat een onzin.' Sprotje fronste vol verachting haar voorhoofd. 'Lisa is ook brutaal en die heeft wel een vader.' En ze is ook verliefd op een meisje, voegde ze er in gedachten aan toe. Wat had O.B. gezegd als mij dat was overkomen? Zie je nou wel, dat komt doordat ze geen vader heeft?

'O hemel!' zei Sprotjes moeder. 'Het is al twee uur! Heb je morgen het eerste uur school?'

Sprotje knikte. 'Ja,' zei ze en ze stond op. 'Maar de eerste twee uur hebben we tekenen. Daar hoef ik mijn hersens niet bij te gebruiken.'

Haar moeder bleef zitten en tekende met een vinger onzichtbare patronen op het tafelblad.

In de deuropening bleef Sprotje besluiteloos staan. 'Moet jij niet ook naar bed?' vroeg ze.

Maar haar moeder schudde haar hoofd. 'Nee, ik kan toch niet slapen.'

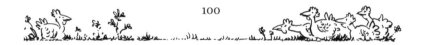

'Goed dan.' Sprotje draaide zich om.

'Ik heb met hem afgesproken,' zei haar moeder toen Sprotje al met haar rug naar haar toe stond. 'Ik ga met hem eten. Vrijdag. Vrijdagavond.'

Sprotje hoefde niets te vragen. Ze wist dat haar moeder het niet over de betweter had.

Sprotje was nooit echt goed geweest in tekenen. Maar wat ze de volgende ochtend op school bij elkaar kraste, vond zelfs zij zo lelijk dat ze het meteen weer verscheurde en mevrouw Kruiskruid, hun tekenlerares, met wie iedereen medelijden had vanwege haar naam, om een nieuw vel papier vroeg.

De Pygmeeën leken er ook niet helemaal bij met hun gedachten. Steve, die normaal altijd prachtige dingen deed met een stift of een penseel, zat zonder zijn nog hagelwitte papier aan te raken met een hoogrood hoofd op de andere Pygmeeën in te praten, en in de pauze vertelde Fred aan Sprotje dat Steves kaarten een paar akelige dingen over het feest hadden voorspeld.

'Hij wil echt dat we het verzetten!' zei Fred. 'Alsof behalve hijzelf ook maar iemand die onzin die hij in zijn kaarten leest serieus neemt. Hoe ik mijn Engels ga maken, dat kan hij me natuurlijk niet vertellen. Dat heeft niets met de kerndingen van het leven te maken, zegt hij. Zijn kaarten zeggen alleen iets over de kerndingen. "O ja? En wat zijn dat dan?" vroeg ik. "Nou, dood en liefde en ziekte en onheil," zei hij. Alsof dat proefwerk niets met onheil te maken heeft.'

De enige die wel ongerust werd toen ze van Steves sombere voorspellingen hoorde, was Kim. Maar zij wist toch al niet zeker of ze naar het feest van de Pygmeeën wilde. 'Ik sta daar toch maar een beetje te staan, zonder dat er iemand met me wil dansen,' zei ze toen de Wilde Kippen het tekenlokaal uit liepen, en hoe heftig de anderen ook protesteerden, ze konden haar niet van het tegendeel overtuigen. 'Nee, echt, ik denk dat ik maar thuisblijf,' zei ze. 'Maar hoe zit het met vanmiddag, jullie gaan toch allemaal naar de caravan hè?'

Het was dinsdag en dinsdag was clubdag, wat er op school, bij Lisa's toneelclub of de vrijwilligers van Roos ook op het programma stond. De dinsdagmiddag was van de Wilde Kippen.

'Ik ga zeker,' zei Lisa. 'Al gaat mijn moeder vast zeggen dat ik tot vrijdag elke dag vierentwintig uur voor mijn Engels moet leren.'

Ook Roos en Melanie knikten, en op Kims gezicht verscheen al een opgelucht lachje – tot ze naar Sprotje keek.

'Dinsdag? Is het vandaag dinsdag?' mompelde die. 'Shit, dat was ik helemaal vergeten. Ik heb vanmiddag een afspraak bij de kapper.'

'Bij de kapper?' vroeg Kim met een zwak stemmetje.

'Ja. Ik ben dat eeuwige kammen en borstelen zat. Ik neem net zulk stekeltjeshaar als Roos.'

'Maar... maar... het is dinsdag,' stamelde Kim. Ze keek zo wanhopig dat Roos snel een arm om haar schouders sloeg.

'Kim,' fluisterde ze in haar oor. 'Zie je niet dat onze Opperkip de grootste moeite moet doen om niet vals te lachen?'

'Sorry, Kim,' zei Sprotje. 'Het was maar een geintje. Na-

tuurlijk kom ik, en ik laat mijn haar gewoon zitten.'

Kim slaakte een zucht van verlichting. 'O, gelukkig!' zei ze. 'Er is namelijk iets wat ik jullie wil laten zien. Jullie allemaal.'

'Echt?' Melanie trok spottend haar zorgvuldig geëpileerde wenkbrauwen op.

Maar Kim zei geen woord meer, ook niet toen Roos het uit haar probeerde te kietelen.

De Wilde Kippen ontmoetten elkaar altijd uiterlijk om vier uur bij de caravan. Sprotje had natuurlijk Bella weer bij zich. Oma Bergman zat aan de telefoon met haar zus te kibbelen toen Sprotje de hondenriem kwam halen, en zo ontsnapte ze aan een gesprek. Gelukkig maar, want op het moment had Sprotje nog minder zin dan anders om met haar oma te praten.

'Oké, agendapunt één,' zei Lisa toen ze met z'n allen in de caravan thee zaten te drinken en de koekjes aten die Roos had meegebracht. 'Kims verrassing, zou ik zo zeggen!'

'O nee, nee!' Kim stak afwerend haar handen op. 'Dat wil ik graag als laatste punt.'

'Best, als je het liever nog een beetje spannend houdt. Dan stel ik voor dat we beginnen met punt twee: het feest van de Pygmeeën.' Lisa noteerde met een frons van inspanning de verandering van de agenda in haar boek. Lisa vond het fijn om op de clubmiddagen de notulen bij te houden, hoewel niemand ooit las wat ze allemaal opschreef. 'Vraag: nemen we een cadeautje voor de jongens mee of halen we een geintje met ze uit?'

Verwachtingsvol keek ze de anderen aan. Maar Sprotje was met haar gedachten bij haar moeder, Roos las voor de derde

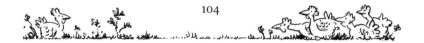

keer met een gelukzalig lachje de brief die ze van Mike had gekregen en Melanie zat met een somber gezicht op de nagel van haar duim te bijten.

'Oké, geen cadeau en geen geintje dus, als ik dat zo zie,' stelde Lisa vast. 'Wat is er vandaag met jullie aan de hand? Kan het misschien nog wat depressiever?'

'Nou, dat eeuwige goeie humeur van jou is anders ook behoorlijk irritant!' snauwde Melanie. 'Als je niet zo'n jongenshater was, zou ik denken dat je verliefd was.'

Het woord 'verliefd' haalde Sprotje met een ruk uit haar gedachten. Ze keek geschrokken naar Lisa en had het gevoel dat het opeens doodstil werd in de caravan.

Lisa was zo bleek als het veertje dat om haar nek hing. Eén eindeloze tel lang keek ze Melanie aan.

'Jij weet niet eens wat dat is!' siste ze uiteindelijk. Toen begon ze iets in het clubboek te krabbelen. Sprotje zag dat haar vingers trilden.

Melanie schoof haar theekopje aan de kant en stond op. 'Dat hoef ik niet te pikken. Zulke dingen hoef ik niet te pikken, zeker niet van iemand die zo gefrustreerd is dat ze...'

'Gefrustreerd?' Lisa sprong op, het clubboek gleed van haar schoot. 'Wie is er hier gefrustreerd? Alleen omdat ik me niet door alle jongens op school laat aflebberen en niet met mijn ogen knipper zodra er een leraar langsloopt?'

Kim hield haar handen tegen haar oren. 'Hou nou op!' riep ze, maar Melanie en Lisa schonken geen aandacht aan haar.

'O ja? Jij en die Margot, jullie zijn zeker de nieuwe heiligen van de school hè?' Melanie stond zo hard te schreeuwen

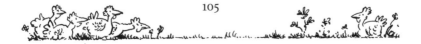

dat Bella buiten haar oren spitste. Roos probeerde Mel te kalmeren, maar die duwde haar weg. 'Stelletje arrogante troelen, volgens mij zijn jullie verl...' Melanie sprak het woord niet uit. Ze staarde Lisa alleen maar aan. Lisa gaf geen kik. Met gebalde vuisten stond ze daar. Ze had tranen in haar ogen, wat bij haar niet vaak voorkwam. Hulpzoekend keek ze eerst naar Sprotje, toen naar Roos... en ze zag het aan hun gezichten. Sprotje wist niet hoe, ze deed haar best om argeloos te kijken, maar Lisa zag het. 'Jullie... weten het,' stamelde ze. 'Hoe? Sinds wanneer?'

'Dat geloof je toch niet!' Melanie deed een stap achteruit, alsof ze bang was dat Lisa haar een kus op haar rood gestifte lippen zou geven. 'Dat is toch smerig. Walgelijk gewoon.'

'Wat?' Kims stem was alweer zwaar van tranen. 'Waar hebben jullie het over? Waarom moeten jullie nou weer precies vandaag ruzie maken? Ik dacht dat het een bijzondere dag zou worden. Het is wel onze verjaardag hoor!'

'Verjaardag?' Sprotje keek Kim niet-begrijpend aan.

'Ja, onze verjaardag. Het is vandaag precies drie jaar geleden dat we de eed zwoeren, in de kippenren van oma Bergman.'

'Wat leuk zeg!' hoonde Melanie, zonder Lisa uit het oog te verliezen. 'De perfecte dag voor zulk nieuws.'

'Wat voor nieuws dan? Ik snap nog steeds niet waar jullie het over hebben,' snikte Kim.

'Zij blijft niet bij onze club!' riep Melanie. 'Dat is hoop ik wel duidelijk. Zo iemand is geen Wilde Kip. Of willen jullie soms dat ze allemaal over ons beginnen te kletsen? Ik zie al helemaal voor me dat...'

Roos hield een hand voor haar mond. 'Hou je mond, Mel!' zei ze, maar Lisa stond al bij de deur. Ze was buiten voor de anderen begrepen wat er gebeurde.

'Kan iemand me nu eindelijk eens uitleggen wat er aan de hand is?' riep Kim. 'Ik dacht dat we het zouden vieren, ik dacht...'

'Ik haal haar terug,' zei Sprotje, en ze baande zich een weg naar de deur.

Lisa was al bij het kippenhok.

'Hé, wacht nou even!' riep Sprotje, maar Lisa begon alleen maar harder te lopen. Sprotje rende zo hard als ze kon, maar Bella sprong op haar af en versperde haar blaffend de weg, en toen Sprotje hijgend bij het hek kwam fietste Lisa de straat al uit. Ze keek niet één keer om.

'Dat was gemeen, Mel!' zei Roos toen Sprotje de caravan weer in kwam. Kim zat met grote ogen aan tafel en Melanie leunde met haar armen over elkaar tegen de muur. Ze keek Roos vijandig aan.

'O, nu is het zeker mijn schuld?' zei ze. 'Heel fijn.'

Sprotje leunde tegen de deur van de caravan. 'Ze is weg,' zei ze. 'Ik kon haar niet meer inhalen.'

'Ik had echt geen idee,' zei Kim klagelijk. 'Ik bedoel, weten jullie het zeker? Misschien zijn ze alleen maar goede vriendinnen...'

'Ja hoor!' schamperde Melanie. 'Zag je niet hoe ze keek? Nou, als dat geen bewijs is...'

Kim streek zwijgend over het tafellaken, dat ze zelf genaaid had. Er stond een kippenpatroon op, wat anders? Sprotje keek naar Roos.

'We kunnen het beste meteen naar haar toe gaan,' zei Roos. 'Vind je niet?'

Melanie keek hen verbijsterd aan. 'Wat? Hoezo naar haar toe gaan? Ze is geen Wilde Kip meer, dat is toch wel duidelijk?'

Sprotje raapte het clubboek op dat van Lisa's schoot gevallen was. Helemaal onder aan de bijna lege bladzijde waren een paar piepkleine hartjes getekend.

'Er is helemaal niets duidelijk, Mel!' zei Roos. 'Of staat er soms ergens in dat boek: Wilde Kippen mogen alleen verliefd worden op jongens? Zullen we de haarkleur dan ook maar vastleggen? Toegestaan zijn: jongens niet ouder dan zestien, blond, met blauwe ogen. O nee, jij valt meer op donker haar. Pech, Mel.'

Melanie beet op haar lip.

Buiten hoorden ze hondengeblaf en opgewonden gekakel. Waarschijnlijk maakte Bella voor de grap weer eens de kippen aan het schrikken.

'Ik kom hier nooit meer,' zei Melanie zacht. 'Als zij terugkomt zien jullie mij hier nooit meer. Over mij zullen ze niet kletsen, dat is een ding dat zeker is.'

'Ze kletsen toch al over je.' Kim keek Melanie niet aan terwijl ze dat zei. Ze tuurde uit het raam, waarschijnlijk was de moed haar anders in de schoenen gezonken.

'O ja? Wie dan allemaal?' Melanies lippen begonnen te trillen. 'Een paar jaloerse grieten misschien.'

'De jongens praten over je,' zei Roos. 'Niet de meisjes. Die ook, maar de jongens...'

Melanie rukte haar jas van de haak achter de deur. Ze had-

den allemaal een eigen haak, met een kip eronder en hun naam erbij. Lisa's haak zat naast die van Mel.

'Ik heb gezegd hoe ik erover denk,' zei ze terwijl ze de deur opentrok. 'Schrijf het gerust in dat domme clubboek van Lisa: als zij mag blijven, stap ik op. En zolang het niet opgelost is...' ze maakte het slotje van het zilveren kettinkje waaraan haar kippenveer hing open en smeet het kettinkje op tafel, '... loop ik hier ook niet meer mee rond.' Ze sprong van het trappetje en liep met opgeheven hoofd weg.

Mel deed er een stuk langer over dan Lisa om bij het hek te komen. Sprotje kreeg bijna het gevoel dat ze hoopte dat er iemand achter haar aan zou komen, zoals Sprotje bij Lisa had gedaan. Maar niemand verroerde zich. Ze keken haar na door het raam, waarvoor Roos toen ze in de caravan trokken gordijntjes had genaaid.

Tot Melanie op haar fiets stapte en achter de heg verdween zeiden ze geen van drieën een woord. Toen legde Kim haar hoofd op haar armen en begon te snikken. Roos ging naast haar zitten en sloeg een arm om haar heen.

'Drie jaar,' snotterde Kim. 'Drie jaar, en uitgerekend op onze verjaardag gaat alles kapot.' Ze tilde haar hoofd op en keek Sprotje met behuilde ogen aan. 'Jij zei helemaal niets,' zei ze beschuldigend. 'Waarom zei je niets? Misschien was Mel dan wel weer gekalmeerd.'

Sprotje haalde haar schouders op, leunde tegen de deur en bestudeerde haar schoenpunten.

'Niet te geloven, de Opperkip is sprakeloos. Dat ik dat nog mag meemaken,' zei Roos. 'Ik denk dat we maar een nieuwe moeten kiezen. Iets voor jou, Kim?'

Kim gaf geen antwoord. Ze had haar hoofd weer tussen haar armen verstopt. 'Ik had me er zo op verheugd,' hoorden ze haar snikken. 'Het was zoveel werk en ik was zo benieuwd wat jullie zouden zeggen. Ik zag jullie gezichten al voor me...'

Roos en Sprotje keek elkaar niet-begrijpend aan. 'Nu weet ik eerlijk gezegd even niet waar het over gaat,' zei Sprotje. 'Wat was veel werk?'

Kim keek op en wees naar haar rugzak. Hij lag op de matras, die het hele achterste gedeelte van de caravan in beslag nam. Sprotje ging hem halen.

'Ik heb het zelfs ingepakt!' Kim maakte de rugzak open en haalde er voorzichtig een pakje uit. 'Hier,' zei ze en ze gaf het aan Roos. 'Maken jullie het maar open.'

Roos trok het kersenrode papier los.

Er kwam een groot plakboek tevoorschijn, een plakboek met een stevige kartonnen kaft, waarop drie keer vijf Wilde Kippen stonden. Drie Rozen, drie Sprotjes, drie Kims, drie Melanies, drie Lisa's. Kim had de fotootjes als een mozaïek aan elkaar geplakt, tot ze de hele kaft bedekten.

Roos ging er aandachtig met een vinger over. 'Wat prachtig, Kim!'

Kim glimlachte en draaide verlegen een haarlok om haar vinger. 'Sla eens open,' zei ze.

En dat deed Roos. *De Wilde Kippen* stond op de eerste bladzijde, in grote sierlijke letters. Overal loerden kippen achter de letters vandaan. Er zat er een op de W, en ook een op de K. 'Dat heeft Steve voor me gedaan,' zei Kim. 'Hij kan heel goed schrijven, grote, mooie letters, bedoel ik. Die kippen heeft hij ook getekend.'

Roos en Sprotje vielen van de ene verbazing in de andere. Er was zoveel te ontdekken in Kims Wilde Kippenboek: foto's van de caravan in elk jaargetijde; foto's van hun kippen met veertjes erbij; briefjes die de Pygmeeën hun geschreven hadden; bioscoopkaartjes van films waar ze samen naartoe waren geweest; een afdruk van Bella's voorpoot en Isolde's kippenpootje (er stond tenminste Isolde onder); een takje tijm uit Roos' kruidentuin, met plakband op het papier geplakt; de bon van de verf waarmee ze de deur geverfd hadden; druppels kaarsvet als herinnering aan hun eerste gezamenlijke overnachting in de caravan; een streng paardenhaar als herinnering aan hun heerlijke tijd op Lola's manege; een plattegrond van het bos waarin de boomhut van de jongens lag, met de sluipwegen naar de hut erin getekend; hun geheimtaal, met een gouden stift op zwart papier geschreven; een schets van hun schoolgebouw; foto's van de aardigste (en de stomste) leraren; foto's van broers, zussen en huisdieren; recepten van Roos, compleet met vetvlekken en chocoladevingers; het lievelingseten en -drinken van alle Wilde Kippen netjes op een rijtje; foto's van hun schoolkamp; foto's van het uitmesten van de stal; foto's van O.B. en de oude boomhut van de Pygmeeën inclusief bewoners; foto's van hun hele Wilde Kippentijd. En tussen al die wonderbaarlijke dingen had Kim in haar keurige schuine handschrift de avonturen vastgelegd die ze samen hadden beleefd, de kleine en de grote.

Sprotje en Roos konden niet meer ophouden met lezen. Ze bleven op elke bladzijde hangen, haalden herinneringen op, lachten, stootten elkaar aan en bladerden dan weer ver-

Ze brachten Bella terug naar O.B. en fietsten door naar Lisa. Lisa en haar ouders woonden maar een paar straten bij Sprotjes oma vandaan, in een nieuwbouwwijk die was verrezen op een plek waar een paar jaar eerder alleen nog akkers en weilanden waren geweest. Ook nu nog zag alles er opvallend nieuw uit, bijna alsof een kind op het vloerkleed van speelgoed een landschap had gemaakt, met keurig gegroepeerde bomen, plantsoentjes, garages, hekken en straten.

Ze konden het twee-onder-een-kaphuis waarin Lisa woonde al zien toen Kim opeens op haar rem trapte. Roos en Sprotje merkten het pas een paar meter verderop.

Kim stond aan de stoeprand hulpeloos voor zich uit te staren.

'Wat is er?' vroeg Sprotje toen zij en Roos met de fiets aan de hand teruggelopen waren.

'Ik weet niet wat ik tegen haar moet zeggen,' mompelde Kim. 'Ik zie het de hele tijd voor me...'

'Wat?' vroeg Roos. Aan de overkant snoeide iemand zijn heg.

'Gewoon!' Kim wierp de man een nerveuze blik toe en

dempte haar stem. 'Dat ze elkaar zoenen. Ik kan aan niets anders denken, ik weet niet hoe het zal zijn om haar weer te zien, ik...'

Roos keek zuchtend naar de witte rijtjeshuizen. 'Luister eens, Kim,' zei ze zacht. 'Dat is toch onzin. Als je Sprotje ziet, zie je toch ook niet de hele tijd voor je hoe Fred en zij aan elkaar zitten te friemelen?'

Kim werd rood en keek betrapt naar Sprotje. Die rolde kreunend met haar ogen.

'Nou ja!' riep Kim, maar toen de heggensnoeier hun kant op keek ging ze vlug weer zachter praten. 'Nou ja, ik bedoel, dat begrijp ik tenminste,' fluisterde ze. 'Ik bedoel, o jee, nee, dat bedoel ik natuurlijk niet, dat ik aan Fred wil friemelen, maar...' Ze gaf het op en verslikte zich van verlegenheid bijna in haar tong.

Roos gooide het over een andere boeg. 'Op school zei je nog dat je ook verliefd zou worden op Margot, als je lesbisch was.'

'Ja, maar dat zei ik zomaar! Ik... o, ik weet het ook niet.' Kim hield hulpeloos haar mond en keek de straat in.

'Shit, ik geloof dat Lisa's moeder thuis is,' fluisterde Sprotje tegen Roos. 'Haar auto staat voor de deur.' De Wilde Kippen waren niet zo op Lisa's moeder gesteld – en dat was nog zacht uitgedrukt.

'Kom mee.' Roos gebaarde dat ze haar moesten volgen. 'Dan hebben we het maar gehad.'

Lisa's moeder was inderdaad thuis. Zij was het die opendeed toen Roos aanbelde.

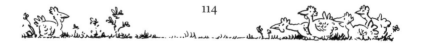

'Wat doen jullie hier?' vroeg ze, zodra ze zag wie er voor de deur stonden. 'Ik dacht dat de clubmiddag al voorbij was?'

'We komen Lisa iets brengen,' zei Roos.

Lisa's moeder keek achterom en fronste haar voorhoofd. 'Hadden jullie dat vanmiddag niet kunnen doen? Lisa is met haar huiswerk bezig.'

Dat is ze niet, dacht Sprotje. Vast en zeker niet. Maar ze zei natuurlijk iets anders: 'Het heeft met school te maken. We maken toch samen een werkstuk? Kim heeft nog iets interessants bedacht.'

'Een werkstuk? Daar weet ik niets van.' Lisa's moeder klonk allesbehalve overtuigd, maar ze liet hen toch binnen. 'Lisa?' riep ze, met een klopje op Lisa's dichte kamerdeur. 'Je Kippenvriendinnen zijn er. Ik wil niet dat jullie de muziek weer zo hard zetten, ik heb bezoek, dat weet je.'

Het bleef een hele tijd stil achter de deur. Toen hoorden ze Lisa's stem. 'Ja, dat weet ik.'

Lisa's moeder keek de Wilde Kippen nog een keer misprijzend aan en ging terug naar de woonkamer.

Roos deed Lisa's deur pas open toen ze weg was. Lisa zat met haar rug naar hen toe aan haar bureau.

'Doe de deur achter je dicht,' zei ze, zonder zich om te draaien. 'Ik wil niet dat mijn moeder onaangekondigd binnenvalt.'

Roos deed wat ze vroeg.

Eindelijk draaide Lisa zich om. Ze zag eruit alsof ze gehuild had.

Dat Kim een behuild gezicht had waren ze wel gewend, zelfs Melanie barstte regelmatig in tranen uit, maar geen van

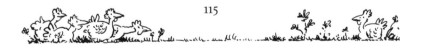

hen had Lisa ooit zien huilen – kwaad, uitgelaten, dwars, wild, ja... maar in tranen?

'Wat willen jullie?' vroeg ze stuurs. 'Als jullie dit soms komen halen...' omstandig deed ze het touwtje met de kippenveer af, '...neem maar mee.'

'Klets niet zo!' Sprotje schudde ongeduldig haar hoofd. 'We zijn hier om te zeggen dat het ons heel erg spijt, dat met Mel, en...' verder kwam ze niet, want Kim begon opeens te huilen. 'Sorry,' snikte ze. 'Maar ik kan hier helemaal niet tegen.'

Lisa wierp haar een aangebroken pakje papieren zakdoekjes toe. 'Hier,' zei ze. 'Neem maar. Ik heb er nog een heleboel.' Zelf snoot ze haar neus in het verfrommelde exemplaar dat ze in haar hand hield.

'Ga zitten,' mompelde ze. 'Ik word helemaal zenuwachtig als jullie daar zo staan.'

Sprotje ging aarzelend op het bed zitten, Roos en Kim lieten zich naast haar zakken.

'Waarom heb je nooit iets tegen ons gezegd?' vroeg Sprotje.

Lisa keek haar zwijgend aan.

'Oké.' Sprotje wapperde met haar hand. 'Laat maar zitten, domme vraag.'

Lisa snoot opnieuw haar neus. 'Dat is het ergste, weet je?' zei ze zonder iemand aan te kijken. 'Dat je er niet over kunt praten. Iedereen heeft het er de hele tijd over wie op wie verliefd is, wie stom is en wie leuk. Iedereen hangt posters van zangers aan de muur of is gek van een of andere filmster. Ik...' Lisa keek naar buiten. 'Ik krijg nu eenmaal geen hartkloppingen van Johnny Depp, en ik heb het echt geprobeerd. Ik heb

116

zelfs die dombo uit de parallelklas gekust, die ze allemaal zo leuk vinden...'

Kim keek haar ongelovig aan. 'Bedoel je...'

Lisa knikte. 'Jij zou een hartstilstand krijgen, ik weet het, maar ik...' Ze haalde haar schouders op. 'Niets! Er gebeurde helemaal niets. Ik kan het ook niet helpen.'

'Maar dat zegt toch nog niets,' zei Kim op klaaglijke toon. 'Misschien is hij voor jou gewoon niet de ware jakob.' Je hoorde aan haar stem dat ze zich dat maar moeilijk kon voorstellen. 'Ik bedoel, er zijn toch allerlei jongens. Verschillende soorten, bedoel ik...' Ze zweeg onzeker.

'Ja, maar jongens zijn het allemaal,' zei Lisa.

Daar had niemand een antwoord op. Dus zeiden ze niets. Alleen de wekker naast Lisa's bed verstoorde de stilte; hij tikte zo hard dat Sprotje zich afvroeg hoe iemand daarbij kon slapen.

'Voor mij is er geen ware jakob,' zei Lisa na een tijdje. Ze boog haar hoofd. 'Zo is het en daar is niets aan te doen.'

'Maar ze zeggen dat meisjes dat soms wel eens hebben! Dat ze verliefd worden op een meisje, en dat het dan weer overgaat!' Kim keek Lisa hoopvol aan.

'Ik wil niet dat het overgaat,' zei Lisa. 'Daarvoor is het een veel te fijn gevoel.'

Er werd op de deur geklopt. 'Lisa!' De stem van haar moeder kwam de kamer in. 'Ik vind dat je vriendinnen lang genoeg zijn gebleven. Je moet je Engels nog leren.'

'We wilden net weer gaan,' zei Sprotje in de richting van de deur. Ze stond op, en Roos en Kim volgden haar voorbeeld.

'We hebben iets voor je meegenomen.' Roos haalde Kims

Wilde Kippenboek uit haar rugzak. 'Kim heeft het gemaakt, voor onze verjaardag. Je vindt het vast leuk. En wat Mel betreft,' voegde ze er aarzelend aan toe, 'die draait wel weer bij.'

'Lisa.' Lisa's moeder stond nog steeds op de gang. 'Je hebt je deur alweer op slot gedaan. Je weet dat ik daar niet van hou.'

Lisa liep rood aan van boosheid. 'Ja, dat weet ik. En mijn vriendinnen gaan pas weg als jij niet meer als een waakhond op de gang staat!'

Ze hoorden voetstappen en een dichtvallende deur.

'Weet je moeder het?' vroeg Kim met grote ogen.

'Ben je wel helemaal lekker?' Lisa legde het plakboek op haar bureau en liep met ze mee naar de deur.

Nee, Lisa's moeder was beslist niet het soort moeder aan wie je als dochter kon vertellen dat je verliefd was op een meisje. Zou ik zoiets aan mama durven vertellen? vroeg Sprotje zich af toen ze door de gang liepen. Ze wist het niet zeker.

'Oké, bedankt,' zei Lisa overdreven hard. 'Bedankt dat jullie gekomen zijn.'

'Natuurlijk zijn we gekomen!' zei Roos. 'Vriendinnen moeten elkaar helpen... met werkstukken.'

Lisa hield glimlachend de voordeur open. 'Ja,' zei ze. 'Ja. Dat moeten ze.'

Toen Sprotje thuiskwam zat de betweter in de keuken. Alleen, met een kop koffie voor zijn neus.

'Hoi,' zei Sprotje vanuit de deuropening. 'Waar is mama?'

'Die is even gaan liggen. Hoofdpijn.' De betweter staarde naar zijn koffie.

'O,' mompelde Sprotje. Iets anders kon ze met de beste wil van de wereld niet verzinnen.

'We zouden het vandaag eigenlijk nog een keer over de huwelijksreis hebben, maar ja...' De betweter zuchtte, nam een slok koffie en zette het kopje met een vies gezicht weer neer. 'Koud,' mompelde hij. 'Jasses, ik haat kouwe koffie.'

Sprotje aarzelde even en slofte toen naar het koffiezetapparaat. 'Ik zet wel nieuwe voor je,' zei ze. 'Misschien wil mama ook.'

De betweter keek haar verrast aan. 'Dat denk ik niet, maar toch bedankt. Ik wil wel graag,' zei hij.

Sprotje vond het niet zo gek dat haar hulpvaardigheid hem verraste. Anders was ze nooit zo aardig voor hem, ze wist zelf niet wat haar bezielde. Misschien kwam het doordat de betweter er zo verloren bij zat, daar aan die tafel, starend naar

zijn koude koffie. Twee lepels koffie. Hij dronk hem altijd heel sterk. Sprotje zette het apparaat aan, sneed twee boterhammen af en haalde de kaas uit de koelkast.

'Er is iets mis hè?' De betweter keek haar vragend aan. Ook dat nog.

Sprotje smeerde de boter veel te dik op haar brood. 'Hoezo, wat zou er mis moeten zijn?' Ze deed haar best om onverschillig te klinken, onschuldig.

'Je weet best wat ik bedoel.'

'Hoezo? Ze krijgt vaak hoofdpijn van haar werk. Er hoeft maar iemand een lullige opmerking tegen haar te maken. Of te beweren dat ze niet de kortste weg heeft genomen.'

'Dat bedoel ik niet.'

Nee, dat bedoelde hij niet. Sprotje wist precies wat hij bedoelde, maar ze wilde er niet over praten. Dat moesten ze samen maar uitzoeken.

'Ze doet vreemd.' De betweter stond op en kieperde zijn koude koffie door de gootsteen. 'Sinds zondag. Sinds je vader opgedoken is.'

Met een zucht ging hij weer aan tafel zitten. Hij zweeg. Hij tekende rondjes op het tafelblad en zweeg. Sprotje was blij toen de koffie eindelijk doorgelopen was. De damp sloeg eraf toen ze het kopje van de betweter volschonk. Het restje zette ze terug op het warmhoudplaatje. Waarschijnlijk wilde haar moeder echt geen koffie. Waarschijnlijk was ze met haar kussen over haar hoofd in slaap gevallen. Zoals altijd als de dingen haar boven het hoofd groeiden.

'Geen mens kan tegen zulke sterke koffie,' zei Sprotjes moeder altijd, wanneer de betweter nog een extra lepel koffie in

het filter schepte. 'Je zult zien, op een dag valt hij dood neer van dat spul.' Maar tot nu toe zag hij er gezond uit. Gezond en een beetje bedroefd.

'Dank je,' zei hij zonder Sprotje aan te kijken. 'Ik ben zo weg. Ik drink alleen nog even mijn koffie op.'

Sprotje was eigenlijk van plan geweest om met haar boter-hammen en een glas melk in bed te kruipen, maar om een of andere reden kon ze de betweter niet alleen laten. Misschien omdat ze moest denken aan al die middagen dat hij haar met Engels had geholpen, en aan Freds gelukzalige glimlach na-dat hij met hem naar een verkeersoefenterrein was geweest en een paar uur gratis rijles had gekregen.

Sprotje zette haar bord op tafel, schonk een glas melk in en ging met opgetrokken benen op een stoel zitten. 'Ze is ge-woon in de war,' zei ze. 'Dat komt wel weer goed.' Hopen we dan maar, voegde ze er in stilte aan toe.

'In de war!' zei de betweter schamper. 'Ja, dat kun je wel zeggen. Wist je dat ze geen trouwjurk wil kopen? Ze wil ge-woon niet.' Hij nam een slok van zijn verse koffie. 'Ah, dat is pas lekker,' zei hij. 'Jij bent veel beter in koffiezetten dan je moeder.'

Sprotje nam een hap van haar boterham met kaas. 'Dank je,' mompelde ze. Waarom ging ze niet gewoon naar haar ka-mer? Ze verlangde opeens verschrikkelijk naar Fred. Ze was helemaal niet in de stemming om iemand te troosten. Na al die opwinding met Lisa en Mel kon ze zelf eigenlijk wel een beetje troost gebruiken.

'Ik bedoel, die kerel heeft haar in de steek gelaten!' De bet-weter sloeg met zijn vlakke hand op tafel. Sprotjes melk guts-

te bijna uit haar glas. 'Met een kind nog wel!'

'Nou ja. Dat is lang geleden.' Sprotje kon zelf niet geloven dat die woorden uit haar mond gekomen waren. Waar was al die woede gebleven, die ze altijd gevoeld had als ze aan haar vader dacht? Misschien werd je het gewoon een keer zat om kwaad te zijn. Misschien was ze er intussen gewoon te oud voor. En was de woede opgebruikt, als een versleten broek. Maar misschien was ze ook wel niet meer zo boos op haar vader omdat ze hem de meeste tijd eigenlijk niet gemist had...

De betweter nam nog een slok van zijn inktzwarte koffie. 'Fotograaf is ie,' mompelde hij met een somber gezicht. 'Dat klinkt natuurlijk een stuk beter dan rijinstructeur. En hij ziet er ook een stuk beter uit.'

'Welnee!' mompelde Sprotje.

'Jawel.' De betweter zuchtte.

'Hij is toch zo weer weg,' zei Sprotje. 'Hij is altijd op reis.' Het was niet te geloven. Zat ze nota bene de vriend van haar moeder te troosten, terwijl haar moeder in Sprotjes oude kamer lag en deed alsof ze hoofdpijn had. Ik moet Fred spreken, dacht ze. Ik moet gewoon even zijn stem horen.

Ze schoof haar stoel naar achteren. 'Ik ga even bellen,' zei ze.

'Hoe zit het eigenlijk met jou?' vroeg de betweter toen ze al in de deuropening stond. 'Wil jij je vader terug?'

Sprotje draaide zich om. 'Waarom zou ik?' antwoordde ze. 'Mama en ik hebben het altijd prima zonder hem gered.' En zonder jou ook, voegde ze er in gedachten aan toe. 'Maar nu moet ik echt even bellen.'

Ze draaide Freds nummer. Gelukkig was hij thuis.

De volgende dag wisselden Lisa en Melanie op school geen woord met elkaar. In de eerste pauze stond Mel bij de vijf-deklassers waarmee de Wilde Kippen haar de laatste tijd steeds vaker zagen, en in het laatste uur voor de grote pau-ze (aardrijkskunde van de altijd slechtgehumeurde Bouma) stuurde ze Sprotje en Roos een briefje:

Ik zie dat jullie nog steeds met Lisa omgaan alsof ze een van ons is. Het is dus wel duidelijk wat jullie besloten hebben. Daarmee hoor ik vanaf vandaag niet meer bij jullie club!! Ik zeg het nog maar een keer en ik meen het bloedserieus: ik word pas weer een Wilde Kip op de dag dat die meisjesfan geen veer meer om haar nek draagt.

Melanie

In de pauze probeerde Roos met haar te praten, maar al-les wat dat opleverde was dat Melanie met een verachtelijk schouderophalen beloofde niks over Lisa en Margot door te vertellen. 'Straks weet toch iedereen het,' voegde ze er pinnig

aan toe. 'Zo ongegeneerd als die twee altijd bij elkaar klitten. Maar van mij zullen ze het niet horen. Hun namen zullen niet eens meer over mijn lippen komen.'

Lisa knikte toen Roos haar vertelde wat Melanie beloofd had, maar de rest van de pauze bleef ze uit Margots buurt. Sprotje schaamde zich ervoor dat ze daar opgelucht over was en deed haar best niet op Margots verdrietige gezicht te letten.

Fred probeerde haar gerust te stellen. 'Melanie geeft zich nog wel gewonnen,' zei hij, maar daar was Sprotje niet zo zeker van.

'Zij zou toch eigenlijk moeten weten hoe zoiets voelt!' zei Kim voor ze naar huis gingen. 'En dat je er helemaal niets aan kunt doen. Als je verliefd bent, bedoel ik.'

'Volgens mij is Melanie op het moment jaloers op iedereen die verliefd is,' zei Roos, 'ook al is het op een meisje.' Waarschijnlijk kwam Roos daarmee het dichtst in de buurt van de waarheid.

De rest van de dag werd al net zo troosteloos als de uren op school. Toen Sprotje thuiskwam hadden de betweter en haar moeder ruzie, daarna kreeg haar moeder aan de telefoon mot met O. B., die zich niet wilde laten opereren, al zeiden de artsen dat ze het wel moest doen. En ten slotte belde Fred hun afspraak af omdat hij met Willems vriendin Engels ging leren.

'Waarom met Willems vriendin?' vroeg Sprotje verbaasd. 'Ik kan de betweter toch vragen? Die is er heel goed in.'

Maar daar wilde Fred niets van horen. 'Hij is een betweter,' zei hij. 'Je hebt hem zelf zo genoemd, en bovendien kan

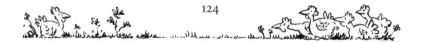

ik met Kiki in de boomhut leren.' Kiki. Wat klonk dat vertrouwd. Viel Fred nu ook al op oudere meisjes? Sprotje kon zichzelf wel slaan om haar eeuwige jaloezie, maar Fred hoefde maar naar een meisje te kijken of te lachen, wat hij best vaak deed, en daar was dat steekje weer, die steek in haar hart en die loodrechte rimpel tussen haar ogen, waarmee Fred haar altijd plaagde.

De volgende dag kon hij ook niet ('Je wilt niet weten hoe goed ze is in Engels!' zei hij op school tegen Sprotje), dus ging Sprotje met de andere Kippen (de restclub, zoals Roos spottend zei) naar de caravan. Maar de stemming was bedrukt. Melanie was er niet bij, en hoewel ze hun vaak op de zenuwen had gewerkt gaf dat toch een vreemd gevoel. Bovendien durfden ze het geen van allen te hebben over wat haar had weggejaagd. Ze hadden het over het feest van de jongens, over oma Bergmans versleten heupen, over het proefwerk Engels en de bruiloft van Sprotjes moeder, maar niemand was er helemaal bij met haar hoofd. Het gevoel dat er anders altijd meteen was als ze samen in de caravan zaten, het gevoel van geborgenheid, van vrijheid en vriendschap, wilde maar niet komen.

Eenzaam en verdrietig fietste Sprotje die avond naar huis. Maar ook daar vond ze weinig geborgenheid. Haar moeder zat in de woonkamer en Sprotje rook dat ze gerookt had zodra ze haar hoofd om de hoek stak. 'Ik hou er weer mee op!' beloofde ze toen Sprotje met een somber gezicht de volle asbak naar de keuken bracht. 'Erewoord!' riep ze haar na. 'Zodra al die stress achter de rug is hou ik er weer mee op.'

Sprotje vroeg niet welke stress ze precies bedoelde.

Een tijdje later – haar moeder zat voor de televisie en de kogels vlogen haar weer om de oren – stond de betweter met bloemen voor de deur. Hij mompelde iets over bijleggen en praten, waarna ze samen in de woonkamer verdwenen. Sprotje zette muziek op, zodat ze niet in de verleiding zou komen om naar hun gedempte stemmen te luisteren, die nu in plaats van schoten door de muur heen kwamen. Ze ging in bed liggen en probeerde Engelse woordjes te leren, maar er bleef er niet één in haar hoofd hangen. Haar gedachten dwaalden af naar Fred, naar de doos waar ze het cadeautje van haar vader in had gestopt en de foto naast haar bed, waarop de vijf Wilde Kippen eendrachtig naar de camera lachten. Wie had die foto eigenlijk gemaakt? Was het Steve geweest? Lisa stond in het midden en Melanie en Roos hadden allebei een arm om haar heen geslagen. Zouden ze dat nu weer zo onbevangen doen? Melanie zeker niet, maar hoe zat het met Kim en Roos? En met haarzelf?

Kreunend duwde Sprotje haar voorhoofd in haar kussen.

En Fred leerde met Willems vriendin zijn Engels.

Er werd aangeklopt. Haar moeder stak haar hoofd naar binnen. 'We gaan nog even een hapje eten,' zei ze. 'Niet te laat gaan slapen, oké?'

Sprotje schudde haar hoofd.

'Alles goed?' vroeg haar moeder.

'Ja hoor,' zei Sprotje. Wat moest ze anders zeggen?

Fred had zijn proefwerk Engels best goed gemaakt, zoals hij trots verklaarde. En als om hem te belonen voor zijn inspanningen, lachten de weergoden de Pygmeeën op de dag van hun feest vrolijk toe. Vorig jaar hadden ze rond dezelfde tijd een feest gegeven en was het helemaal in het water gevallen, maar toen de eerste gasten die avond om klokslag zes uur bij de boomhut stonden was er geen wolkje aan de lucht. Het was zelfs zo warm dat de meesten algauw in hun T-shirt tussen de bomen liepen.

Hoewel er al een bleke maan boven het bosje stond, was het natuurlijk nog licht en de feestlampjes van de Pygmeeën glinsterden in de struiken en bomen alsof de sterren besloten hadden niet de hemel, maar het feest van de Pygmeeën op te luisteren. Rond de stammen en takken kronkelden zilveren slingers en zoveel lichtsnoeren dat je er een hele kerstbomenkwekerij mee had kunnen versieren. En toen het eindelijk donker werd, straalde de hut als een ufo die in de oude boom een noodlanding had gemaakt. De muziekinstallatie die de jongens hadden geregeld stond naast de behangtafel met het eten (iedereen had iets meegebracht, sommige din-

gen waren goed te eten, andere minder goed) en Mat speelde, zoals Lisa al had voorspeld, weer voor dj. Gelukkig waren er geen buren die over de herrie konden komen klagen. Ook wat dat betreft had Lisa gelijk gehad: het lawaai was enorm, zo enorm dat Sprotje niet eens verstond wat Fred ter begroeting naar haar riep.

Roos en Mike waren er al toen Sprotje aankwam. Ze stonden tussen de bomen en hadden het zo druk met elkaar dat ze verder op niemand letten. Lisa was niet gekomen. Ze had het op school al tegen de Wilde Kippen gezegd. 'Ik hou niet zo van feestjes, zoals jullie weten,' had ze gemompeld, 'en Mat zet de muziek natuurlijk weer zo hard dat je geen zinnig woord met elkaar kunt wisselen.'

Sprotje begreep haar beslissing maar al te goed, maar ze betwijfelde of Margot het ook zo zag. Die stond bijna de hele tijd bij Steve; tenslotte had hij haar uitgenodigd. Waarschijnlijk hadden ze het over hun uitvoering. Steve stond aan één stuk door druk te gebaren en gekke bekken te trekken – Steve had meer gezichtsuitdrukkingen in voorraad dan Melanie truitjes in haar kast – en maakte Margot keer op keer aan het lachen, maar toch zag ze er verdrietig uit. Ze keek steeds om zich heen, alsof ze hoopte dat Lisa toch nog zou komen.

Toen Fred Sprotje meetrok om te gaan dansen, stapte Kim op Steve en Margot af. Daar stond ook Steves Spaanse familie: twee jongens, misschien twee, drie jaar ouder dan hij. 'Noem ze maar neven,' had Steve gezegd. 'De familierelatie is eigenlijk een tikje ingewikkelder, maar neef klopt wel ongeveer. En hun Engels is niet slechter dan dat van ons, dus daar kun je het gerust mee proberen.'

128

Melanie kwam vrij laat en had maar liefst vier vijfdeklassers bij zich. Ze flirtte zo willekeurig, soms met de een en dan weer met een ander, dat Sprotje het vermeed haar kant op te kijken.

'Waar is Willem?' vroeg ze aan Fred, toen Mat de muziek eindelijk een beetje zachter zette. Mats vriendin zat de hele tijd smachtend naast hem, maar toch zag Sprotje hem steeds naar Roos en Mike kijken.

'Willem?' Fred wond een lok van haar rode haar om zijn vinger en keek om zich heen. 'Volgens mij zit hij in de boomhut. Ik heb gezegd dat hij daar maar met Kiki moet gaan zitten zoenen. Anders maakt Mel misschien toch heibel.'

Sprotje vond het heel aardig van Willem dat hij zich daaraan hield, maar hoe vaker ze naar de jongens keek die Melanie had meegebracht, hoe meer ze het onaangename gevoel kreeg dat Mel de heibel zelf bij zich had.

'Moest ze er nou echt meteen vier meeslepen?' fluisterde Fred in Sprotjes oor. Kennelijk hadden ze weer eens dezelfde gedachte, dat kwam steeds vaker voor. 'Die gasten zoeken graag ruzie, daar staan ze om bekend. En ze zijn geen van allen uitgenodigd.'

'Ik wist niet dat ze met die lui zou komen,' antwoordde Sprotje, en dat was niet gelogen. Geen van de Kippen had de laatste dagen meer dan drie zinnen met Melanie gewisseld.

'Nou ja, ze zijn er nu eenmaal,' bromde Fred, zonder Melanies nieuwe vrienden uit het oog te verliezen. De Pygmeeen hadden alleen bier en een of andere griezelige grasgroene bowl, die meer naar limonade smaakte dan naar alcohol,

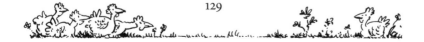

maar Melanies vrienden maakten nu al een beschonken indruk. Waarschijnlijk hadden ze stevig ingedronken.

De problemen begonnen rond half tien. Tot dat moment
was het echt een leuk feest. Iedereen vermaakte zich, zelfs
Kim, die van tevoren zeker had geweten dat ze er alleen maar
een beetje bij zou staan en te veel zou eten. Eerst danste ze een
tijdje met Steve, toen met een van de jongens uit de parallelklas, die door de Pygmeeën waren uitgenodigd omdat ze af
en toe samen voetbalden, en ten slotte met het jongste neefje
van Steve.

Sprotje wist niet hoe hij het voor elkaar kreeg – voor zover ze kon horen sprak hij vooral Spaans, en daar verstond
Kim natuurlijk geen woord van – maar hij maakte haar aan
het lachen. Kim had er in lange tijd niet zo vrolijk uitgezien.
Ze dansten steeds dichter bij elkaar en even later stonden ze
te zoenen. De jongen was net zo groot als Kim en toen een
van Melanies vrienden hem begon uit te dagen, had hij geen
schijn van kans.

In het begin had niemand goed in de gaten wat er aan de
hand was; de muziek stond weer eens keihard. Pas toen vier
vijfdeklassers tegelijk tegen Steves neef aan begonnen te duwen, zagen ze wat er gebeurde. Kim probeerde ertussen te komen, maar ze werd zonder pardon omvergegooid en Steves
andere neef verging het niet veel beter.

'Mat, zet die verrekte muziek uit!' schreeuwde Fred. Hij
baande zich een weg tussen de dansende paartjes door, die
nog steeds niets in de gaten hadden. Sprotje probeerde dicht
bij hem te blijven, maar dat was in het gedrang niet zo makkelijk. Mat, die Fred kennelijk niet gehoord had, stond dro-

merig tussen de enorme boxen, glimlachte naar zijn vriendin en doorzocht de stapels cd's op zijn tafel.

'Willem!' hoorde Sprotje Fred schreeuwen. 'Willem, kom naar beneden! We hebben problemen!'

Willem. Als er één Pygmee was die het tegen Melanies vrienden kon opnemen, dan was hij het. En gelukkig had hij Fred wel gehoord. Hij stak zijn hoofd over de rand van het platform en even later stond hij al op de ladder.

Steves neef werd intussen nog steeds als boksbal gebruikt. Steve probeerde hem te helpen en belandde in de modder. Fred struikelde bijna over hem toen hij op de reuzen af stoof. Ja, Sprotje had het idee dat het reuzen waren, hoewel Fred ook niet bepaald klein was.

Opeens verstomde de muziek. Mat had eindelijk in de gaten wat er aan de hand was. Met bonzend hart probeerde Sprotje bij Fred te komen. Waarom bleef iedereen zo dom staan kijken? Waarom hielpen ze niet? Ze wurmde zich tussen twee jongens uit haar klas door en zag nog net hoe een van Mels vrienden Fred in zijn gezicht sloeg. Het bloed liep uit zijn neus, hij wankelde achteruit, en dook meteen weer op de neanderthaler af. Maar de anderen waren er ook nog. Twee vijfdeklassers waren nog steeds met Steves neef bezig en de derde kwam nu op Fred af. Sprotje sprong voor hem en probeerde hem tegen te houden, maar hij duwde haar opzij.

En toen was Willem er eindelijk. Eerst trok hij de jongen weg die Fred van achteren had beetgepakt en sloeg hem tegen de grond. Daarna ging hij op de volgende af, woest en angstaanjagend als een valse hond. Steve stond intussen ook weer op zijn benen, Mat kwam als een driftige terriër aange-

rend, Roos en Mike waren er, en ook een aantal feestgangers die eerst met open mond hadden staan toekijken kwamen nu eindelijk in beweging.

Melanies vrienden sloegen toch nog heel wat mensen een bloedneus. Ze verdraaiden Willems arm, gooiden Mat in de prikkelstruiken, duwden de muziekinstallatie en de tafel met eten omver, en toen gingen ze er eindelijk vandoor. Ze wilden Melanie meetrekken, maar die stribbelde heftig tegen en uiteindelijk lieten ze haar staan. Lachend verdwenen ze tussen de bomen, nadat ze eerst nog een paar lichtsnoeren naar beneden hadden getrokken.

Fred zag er verschrikkelijk uit, het verschrikkelijkst van iedereen. 'Gebutst en gedeukt als een autowrak,' zei Willem, die zijn rechterarm amper kon bewegen. Zijn vriendin wilde hem en Fred, met zijn bloedneus en dichtgeslagen oog, naar het ziekenhuis brengen, maar ze wilden allebei niet, net zomin als Steves neef, die tussen Kim en Steve op de grond tegen een boom zat en in het Spaans voor zich uit vloekte.

'Ze begonnen hem te duwen omdat hij Spaans sprak,' snikte Kim. 'Ze zeiden dat hij met zijn handen van me af moest blijven.'

'Wij hebben ze niet uitgenodigd, echt niet!' zei Steve klagelijk. 'Zulke gekken zouden we nooit uitnodigen. Iedereen weet toch dat het tuig is.'

Bijna iedereen draaide zich om naar Melanie. Die stond roerloos naar Freds bebloede gezicht en Steves verfomfaaide neefje te kijken. Ze beet op haar onderlip en begon te huilen, zonder ook maar een geluid te maken. De tranen stroomden zomaar over haar gezicht. Toen draaide ze zich om en

liep weg, zwikkend op haar hoge hakken, die wegzakten in de zachte bosgrond.

'Hé, Mel! Wacht!' riep Roos haar na. 'Je kunt in het donker toch niet alleen naar huis.'

Maar Melanie keek niet om. Willem krabbelde overeind. 'Zo terug,' zei hij tegen zijn vriendin en hij ging achter Melanie aan.

Zijn vriendin keek hem met een ongelovig gezicht na en haalde uiteindelijk haar schouders op. 'Tja, dan ga ik ook maar,' zei ze tegen Fred. 'Het feest is toch afgelopen. Kan ik nog iemand meenemen? Ik ben met de auto.'

Mats vriendin en drie meisjes uit Sprotjes klas namen het aanbod dankbaar aan. Ze waren niet de enigen die naar huis gingen. Zelfs als de muziekinstallatie nog had gewerkt en het eten niet op de grond had gelegen, was de lust om feest te vieren iedereen grondig vergaan. De een na de ander verdween tussen de bomen en uiteindelijk waren er alleen drie Kippen en drie Pygmeeën over, met Mike en Steves neven.

'Zie je wel! Had ik het niet voorspeld?' riep Steve, terwijl hij zijn neef overeind hielp. 'Mijn kaarten liegen niet. We hadden het feest moeten verzetten, maar nee! Niemand luistert ooit naar mij.'

Fred kwam wankelend overeind. 'Verdomme, Steve, hou op. Wie zegt dat die holbewoners niet ook gekomen waren als we het feest een week later hadden gegeven?' zei hij vermoeid. De snee in zijn voorhoofd zag er lelijk uit.

Sprotje sloeg een arm om zijn middel om hem te ondersteunen. 'Misschien is dat ziekenhuis toch best een goed idee,' zei ze.

'Welnee,' bromde Fred. 'Het gaat wel. Morgen ben ik weer als nieuw.'

'Misschien kan je moeder ons komen halen,' zei Roos tegen Sprotje. 'Met die grote taxi waar ze soms in rijdt. Steve heeft zijn telefoon bij zich, daarmee kunnen we haar bellen. Of werkt ze vanavond niet?'

'Nee, ze is vanavond met mijn vader uit,' zei Sprotje.

Dat antwoord veroorzaakte algemene sprakeloosheid.

'Vraag maar niets!' Sprotje stak afwerend haar handen op. 'Ik zeg er geen woord over, geen woord.'

Maar Kim kon zich niet beheersen. 'Je vader?' stamelde ze. 'Is ze met je vader uit? Ja maar...'

Steve hield een hand voor haar mond. 'Hoorde je dat niet? De Opperkip zegt er geen woord over,' fluisterde hij. 'Maar als je wilt vraag ik wel een keer aan mijn kaarten hoe dat afloopt.'

Sprotje kon er niets aan doen, ze moest lachen.

'Mijn ouders zijn ook niet thuis,' zei Fred. 'Shit, dat hebben wij weer. We zullen gewoon door het bos moeten ploeteren en naar huis fietsen.'

Sprotje keek hem bezorgd aan. Met zijn bebloede gezicht zag hij er niet uit alsof hij kon fietsen. Bovendien stond hij behoorlijk wiebelig op zijn benen. 'Mat, doe het licht eens uit,' zei hij en Mat rende weg. De baas spelen kon Fred blijkbaar nog wel, ook met een snee in zijn voorhoofd, een bloedneus en een dik oog.

Mat klom behendig als een aapje de ladder op. Toen de feestverlichting uitging (Sprotje had geen idee waar de Pygmeeën stroom vandaan haalden, maar ze was te moe om het

te vragen), werd het zo donker onder de bomen dat ze elkaar bijna niet konden zien.

'Weet je wat? Gaan jullie maar vast,' zei Sprotje tegen de anderen. 'Ik ga met Fred naar de caravan. Die is niet zo ver weg. Steve kan mijn nummer bellen en op het antwoordapparaat inspreken dat mijn moeder ons moet komen halen als ze terug is.'

'Aha, de caravan. Wat romantisch!' zei Mat met een hoog stemmetje, maar een blik van Fred was genoeg om hem het zwijgen op te leggen.

'Dat telefoontje komt voor elkaar,' zei Steve, die met een gewichtig gezicht een hand in zijn jaszak stak. 'Nog iemand die wil bellen?'

Maar de anderen schudden hun hoofd.

Met zijn allen liepen ze naar de weg. Als je met zoveel was, was het helemaal niet eng in het donker, al stootten ze wel voortdurend hun hoofd tegen takken en struikelden ze om de haverklap over wortels.

De anderen liepen met Sprotje en Fred mee naar de caravan van de Wilde Kippen en gingen daarna zonder hen verder. Aan het eind van de straat hoorde Sprotje ze nog lachen.

Het gras was al vochtig van de dauw toen ze met Fred naar de caravan liep. Zodra de anderen niet meer te horen waren, lag de stilte als watten tegen hun oren. In de caravan was het warm. Bovendien waren er genoeg dekens en kussens, en op de matras was zelfs plaats voor vijf Wilde Kippen.

'Eigenlijk heeft Mat wel gelijk,' zei Fred. Hij kroop alvast onder de dekens, terwijl Sprotje nog een pot thee zette. 'Dit is

extreem romantisch. Waarom hebben we dit nooit eerder gedaan?'

Sprotje haalde twee bekers uit de kast. 'Omdat mijn moeder het niet goed vond,' antwoordde ze.

'Aha, en nu vindt ze het wel goed?'

'Nu is ze er niet,' zei Sprotje droog. 'En trouwens, jij kunt nu echt niet fietsen.'

'Zo is dat.' Fred stopte met een behaaglijke zucht een kussen onder zijn hoofd. 'Soms heeft het zo zijn voordelen om een gewonde held te zijn.'

Toen Sprotje bij hem onder de deken kroop zei hij: 'Weet je wat, Opperkip? Misschien vergeet Steve wel je moeder te bellen. Die jongen is soms zo'n sufkop.'

Steve vergat niet te bellen, maar om middernacht was Sprotjes moeder er nog steeds niet en Sprotje kon niet slapen. Fred
wel. Hij sliep diep en vast, alsof het feest van de Pygmeeën
heel vredig was afgelopen, maar misschien was hij ook gewoon tevreden over zichzelf. Tenslotte had hij zich als een
echte held gedragen. Tenminste, zo zag Sprotje het. Ze was
reuze trots op hem, ook al had ze dat nooit toegegeven, zo
trots dat ze hem telkens even over zijn rode haar aaide, terwijl
ze slapeloos naast hem zat en door het achterraam van de caravan de donkere nacht in tuurde.

Waarom kwam haar moeder niet?

Niet dat Sprotje zo nodig naar huis wilde... Nee, deze nacht
had van haar een eeuwigheid mogen duren, zo vredig en stil
was het na al die opwinding. Uren, dagen zelfs had Sprotje
daar zo kunnen zitten, met de deken om haar schouders, terwijl Fred naast haar lag te slapen, als... ja, als ze niet had geweten met wie haar moeder die avond uit was.

Waarom was ze nog steeds niet terug?

'Wat is er?' Fred ging rechtop zitten en wreef de slaap uit
zijn ogen.

'Ik kan niet slapen,' mompelde Sprotje. 'Ik moet de hele tijd aan mijn moeder denken.'

'Aan je moeder? O! Omdat ze met je vader uit is. Ik snap het.' Fred liet zich met een zucht op zijn rug vallen. 'Je vraagt je af wat ze al die tijd aan het doen zijn.'

Sprotje porde hem geïrriteerd in zijn zij.

'Au! Voorzichtig!' Fred schoof bij haar vandaan. 'Hier ligt een zwaargewonde, ja?'

Sprotje sloeg haar armen om haar benen en legde haar kin op haar blote knieën. 'Het is al twaalf uur geweest,' mompelde ze. Fred kwam weer overeind en voelde aan zijn voorhoofd. Sprotje had er een enorme pleister op geplakt. 'Ik weet niet waar je je zo druk over maakt,' bromde hij. 'Hij is toch je vader. En Roos zegt dat hij er aardig uitziet.'

'Hij is helemaal niet aardig!'

'Misschien is hij aardig geworden! Dertien jaar is een hele tijd. Misschien was een kind hem toen gewoon te veel, ik bedoel...'

'Te veel? Denk je dat het mijn moeder niet te veel was? Ze moest voor mij zorgen én geld verdienen! Ze kon nooit weg, zat altijd met mij thuis. Soms was ze zo moe dat ze aan de keukentafel in slaap viel. Terwijl mijn vader de wereld rondreisde en piramides fotografeerde, of grizzlyberen of weet ik wat. En ik moest naar mijn oma, omdat er niemand anders was die voor me kon zorgen als mijn moeder op de taxi zat. Nee, hij is niet aardig! En hij zal ook nooit aardig zijn! Ook al ziet hij er misschien wel zo uit.'

Sprotje zweeg abrupt. Ze dacht dat ze voetstappen hoorde op het trappetje naar de caravan.

'Sprotje?' Dat was de stem van haar moeder.

Bijna één uur! Zo lang zat geen mens te eten.

Sprotje had al één been uit bed om open te doen, maar ze bedacht zich. 'De deur is open!' riep ze en ze trok de deken tot aan haar kin op.

'Hé, wat doe je nou?' fluisterde Fred verschrikt. 'Kom op, we kleden ons aan, anders denkt ze er straks nog iets van!'

Maar Sprotje hield hem tegen, en daar stak haar moeder haar hoofd al naar binnen. Ze keek naar Fred, keek naar Sprotje en deed haar mond open om iets te zeggen, maar Sprotje was haar voor. 'Je bent hartstikke laat,' zei ze. 'Ik dacht dat je alleen met hem uit eten zou gaan.'

'We zijn ook alleen uit eten geweest!' Haar moeder trok de deur achter zich dicht.

'Hallo, mevrouw Bergman.' Fred klom haastig over Sprotje heen en graaide naar zijn broek.

'Hallo,' mompelde Sprotjes moeder. Toen pas zag ze de pleister op zijn voorhoofd. En zijn gebarsten lip. Geschrokken bekeek ze zijn gezicht. 'Mijn hemel, wat zie jij eruit! Wat is er gebeurd?'

Sprotje negeerde haar bezorgde blik en Fred trok zijn leren jasje aan. 'Ach, er waren wat problemen op ons feest,' zei hij. 'Een stelletje neanderthalers vielen Steves Spaanse neven lastig.'

'Ja, en Fred heeft ze verdedigd. Hoewel die anderen wel een kop groter waren dan hij.' Sprotje hoorde zelf hoe belachelijk trots ze klonk. 'Daarna stond hij nogal wiebelig op zijn benen, dus toen kon hij moeilijk fietsen hè? Fred, gooi mijn spullen eens.' Ze wierp de deken van zich af en ving haar broek op.

Haar moeder stond haar nog steeds perplex aan te kijken. 'Kijk niet zo naar me!' riep Sprotje. 'En ga me nou niet vragen wat we gedaan hebben. Dat vraag ik ook niet aan jou!'

'Maar... dat...' Haar moeder hapte naar lucht en keek naar Fred alsof ze van hem hulp kon verwachten, maar Fred zat zo geconcentreerd zijn veters te strikken dat in zijn hoofd voor niets anders plaats leek.

'Geef het maar toe!' snauwde Sprotje. 'Je bent nog steeds verliefd op hem. En die arme betweter zit in onze keuken boven zijn koffie te huilen, en ik mag hem troosten!'

Fred kwam achter haar staan en legde zijn handen op haar schouders. 'Hé, Opperkip, wind je niet zo op,' zei hij zacht. 'De betweter kan wel voor zichzelf zorgen.'

Maar Sprotje duwde hem weg.

'We waren alleen maar uit eten!' riep haar moeder. 'En we hebben zitten praten. Als je elkaar dertien jaar niet gezien hebt, valt er wel het een en ander te zeggen. Dat kun je je toch zeker wel voorstellen?'

Sprotje perste haar lippen op elkaar en keerde haar de rug toe. Zonder nog een woord te zeggen trok ze haar laarzen aan.

'Hij gaat toch gauw weer op reis,' zei haar moeder. 'Maandag, om precies te zijn.'

'Des te beter,' mompelde Sprotje. Ze duwde Fred de sleutel van de caravan in handen. 'Hier, doe jij hem maar op slot.' Ze wurmde zich langs de anderen en gooide de deur open. Ze had frisse lucht nodig, nu meteen.

'Ik bel je,' zei ze tegen Fred toen ze hem voor zijn huis afzetten. Ze gaf hem een extra lange afscheidskus.

'Charlotte, kijk niet de hele tijd zo naar me,' zei haar moeder, nadat ze eindelijk weer in de taxi was gestapt. 'Laten we praten, oké?'

Maar Sprotje ging met haar rug naar haar toe zitten. 'Veel te moe,' zei ze, en dat was tot ze thuiskwamen het enige wat ze zei.

Die zaterdag ging Sprotjes moeder niet naar haar werk. In plaats daarvan belde ze de betweter om te zeggen dat ze nog een keer over de trouwerij moesten praten. Rond lunchtijd haalde hij haar op. Ze gingen naar de Italiaan om de hoek en bleven daar twee uur zitten. Daarna kwam Sprotjes moeder alleen terug.

Sprotje zat met Fred in de keuken. Hij zag er alweer wat menselijker uit, hoewel hij een paar geelblauwe plekken in zijn gezicht had en de pleister op zijn voorhoofd inderdaad erg groot was.

Sprotjes moeder kwam aan de tafel zitten en sloeg haar handen voor haar gezicht.

'Zal ik koffie voor je zetten?' vroeg Sprotje.

'Dat zou best lekker zijn,' mompelde haar moeder. Ze haalde een pakje sigaretten uit de kast waarin ze het had verstopt, keek er een tijdje naar en gooide het in de prullenbak. Toen ging ze weer aan tafel zitten.

'Ik ga maar weer eens,' zei Fred. Hij wilde opstaan, maar Sprotjes moeder duwde hem terug op zijn stoel.

'Nee, blijf maar rustig zitten,' zei ze. 'Ik heb vandaag al ie-

mands dag verpest, dat moet niet zo doorgaan. Trouwens, als ik jou wegjaag, praat mijn dochter waarschijnlijk helemaal niet meer met me. En wat ik Sprotje te zeggen heb, mag jij ook best horen.'

'Wat?' Sprotje schepte koffie in het filter, zette het filter op de pot en vergat bijna water in het apparaat te gieten.

'Ik heb de trouwerij afgeblazen.' Haar moeder nam een koekje uit de trommel die Sprotje op tafel had gezet, keek ernaar alsof ze nog nooit van haar leven een koekje had gezien en legde het weer terug. 'O god!' kreunde ze. 'Dit heb ik al in honderd films gezien, maar dat ik het zelf nog eens zou doen...' Ze schudde haar hoofd en staarde ongelukkig naar het tafelblad.

'Arme betweter,' mompelde Fred. 'De trouwerij afgeblazen. Heftig.'

'Je hebt het uitgemaakt?' Sprotje keek haar moeder ongelovig aan. 'Zomaar?'

Haar moeder wierp haar een gekrenkte blik toe. 'Natuurlijk niet! Ik heb alleen gezegd dat ik nog niet wil trouwen. En dat we dat samenwonen misschien ook nog maar even moeten vergeten.'

'En?'

'Hij zei dat hij het eerst moest verwerken.' Haar moeder sloeg haar handen weer voor haar gezicht.

Sprotje zette de koffie en een beker voor haar neer en ging naast Fred zitten. Wat is het volgende? kon ze alleen maar denken, telkens opnieuw. Wat komt er nu weer?

'Je vader heeft gisteravond zijn jas in mijn taxi laten liggen,' zei haar moeder zonder haar handen voor haar gezicht weg te

143

halen. 'Ik ga hem straks even langs brengen. En ik wil graag dat jij meegaat.'

Sprotje beet op haar lip. Natuurlijk. 'Wat een toeval zeg,' zei ze binnensmonds.

Nu haalde haar moeder haar handen wel voor haar gezicht weg. 'Het was warm, en hij is hem vergeten! Godallemachtig! Ik heb de trouwerij niet afgezegd om iets met je vader te beginnen, als je dat soms denkt. Maar ik ben blij dat ik met hem heb kunnen praten, begrijp je? Over al die jaren, over al die woede, over...'

'...dat je hartkloppingen krijgt als je hem ziet?'

'Nee, verdorie! Ach, laat ook maar, denk wat je wilt. Die koppigheid heb je trouwens van je vader.'

'Helemaal niet!'

'Wel waar.'

'Niet waar. Ik heb niets van hem, helemaal niets!'

Haar moeder nam een slok koffie. 'Je hebt een heleboel van hem,' zei ze zachtjes, zonder Sprotje aan te kijken. 'Ook al geloof je me niet. Nou, ga je vanmiddag mee of niet?'

Voor Sprotje haar mond open kon doen, gaf Fred antwoord. 'Natuurlijk gaat ze mee,' zei hij.

Sprotje draaide zich kwaad naar hem om. 'Ik ga niet mee!'

'Jawel, je gaat wel,' zei Fred. 'En vanavond gaan we naar de bioscoop. Jij zoekt de film uit, maar niet een waar je veel om moet lachen. Lachen doet pijn.' Hij grijnsde naar haar, nog schever dan anders. Zijn onderlip was nog steeds dik.

Sprotjes moeder pakte haar koffie en stond op.

'Bedankt,' zei ze tegen Fred. 'Je hebt wat van me te goed.' Met die woorden ging ze naar de woonkamer.

Sprotjes vader woonde aan de andere kant van de stad, op de zolderverdieping van een oud huis. Aan het verbaasde gezicht waarmee hij opendeed zag Sprotje dat haar moeder hun bezoek niet had aangekondigd. In de gang stonden al twee koffers en een tas klaar.

'Bedankt,' zei hij toen Sprotjes moeder hem zijn jas gaf. 'Ik was al van plan hem te komen halen. Kom binnen.'

Haar moeder schuifelde langs hem. 'Ach, we waren toch toevallig in de buurt,' zei ze.

Wat een leugen.

Met tegenzin volgde Sprotje haar de vreemde woning in. Terwijl haar ouders ongevaarlijke beleefdheden uitwisselden, keek ze onopvallend rond. Zo te zien was het een groot appartement, veel groter dan de flat waarin zij en haar moeder woonden, maar je zag zo dat Sprotjes vader niet vaak thuis was. Op een of andere manier zag het er allemaal ongebruikt uit, leeg. Alleen foto's waren er meer dan genoeg. De witte muren hingen er vol mee: grote en kleine, staand en liggend, de meeste zwart-wit. En dan waren er nog de beelden.

In de gang stonden er een paar, maar de meeste zag Sprotje

145

in de ruimte die waarschijnlijk als woonkamer dienstdeed. Er stond in elk geval een bank, ernaast lagen stapels tijdschriften en boeken op de grond. De beelden stonden langs de muren op een rijtje, bijna alsof ze op iets wachtten: sommige waren nauwelijks groter dan een fles, maar de meeste waren bijna zo groot als kinderen. Ze waren van hout, van steen, van ijzer; dierenfiguren, mensen, monsters, engelen... Sprotje had ze graag van dichtbij bekeken, net als de foto's – als hier iemand anders gewoond had. Maar het was haar vader die hier woonde. Dit was het leven van haar vader, en ze wilde er niet één blik op werpen, niet één.

Maar uiteindelijk deed ze het toch.

Wat had ze ook anders moeten doen, terwijl de volwassenen in de keuken thee zaten te drinken? Thee! Haar moeder dronk nooit thee. Erbij gaan zitten, zoals haar moeder voorstelde? Nee, bedankt.

Sprotje vond de foto's mooi. Sommige vond ze zelfs heel mooi. Maar de beelden waren pas echt prachtig, al waren er ook een paar griezelige bij, met verwrongen gezichten en ontblote tanden. Die bekkentrekkers had Fred vast het mooist gevonden, dacht Sprotje, terwijl ze haar hand over hun houten gezichten liet gaan. Eerst durfde ze de beelden niet op te tillen (in het museum mag dat tenslotte ook niet), maar toen deed ze het toch. 'Jij moet ook overal aanzitten!' zei Fred altijd. 'Alsof je pas gelooft dat het echt is als je het gevoeld hebt.' Misschien was dat ook wel zo. Sprotje kon nooit ergens alleen maar naar kijken, ze moest eraan voelen – aan muren, kippenveren, boomschors, alles.

Er waren twee beelden die ze nog mooier vond dan de rest.

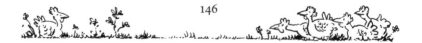

Ze zagen er teer en breekbaar uit. Ze kwamen bijna tot aan haar heup en aan hun armen zaten stokjes waarmee je ze kon laten bewegen.

'Die komen uit Thailand,' zei haar vader, toen ze een arm van een van de poppen optilde.

Ze had hem niet binnen horen komen en schrok zo dat ze de pop bijna liet vallen. Haar moeder stond naast haar vader. Ze deed haar uiterste best om niet naar hem te kijken.

'Het zijn goden, vandaar die hooghartige uitdrukking op hun gezicht,' vervolgde haar vader, terwijl Sprotje de pop voorzichtig weer bij de andere zette.

'Aha,' mompelde ze. Ze slenterde naar het volgende beeld, een giraf met lange spillebenen. Het was een wonder dat hij niet omviel, vond Sprotje. 'Waar ga je maandag naartoe?' Het lukte haar om onverschillig te klinken. Onverschillig, een tikje verveeld...

'Nieuw-Zeeland.'

Nieuw-Zeeland. Kim droomde van Nieuw-Zeeland. Achtentwintig uur vliegen.

'Zal ik iets voor je meebrengen?'

Sprotje aaide het gezicht van een engel. Hij was van steen en had net zulke bolle wangen als het kleine broertje van Roos.

'Mijn vriend verzamelt stenen,' zei ze.

'Stenen? Die verzamelde ik vroeger ook.' Haar vader raapte een tijdschrift van de grond op en gooide het op de bank. 'Ik zal er een paar voor hem meebrengen.'

Sprotjes moeder stond een beetje verloren naar de foto's aan de muren te kijken. 'Tja...' zei ze uiteindelijk. 'Dan gaan

we maar weer eens. Je moet vast nog pakken.'

'Nee, ik ben al klaar.' Ze liepen met z'n drieën naar de deur.
Ik ben nog geen kop kleiner dan hij, dacht Sprotje.

In de gang zei haar vader: 'Als ik terug ben is de bruiloft
allang geweest, dus kan ik je beter nu alvast feliciteren. Of
brengt dat ongeluk?'

'Er komt geen bruiloft.' Sprotjes moeder keek hem niet aan.
'Stuur ons een kaartje uit Nieuw-Zeeland. En kom gezond
weer terug.' Ze draaide zich om en trok Sprotje mee naar de
trap.

Een week later kwam de eerste post uit Nieuw-Zeeland. Daarna zat er regelmatig iets in de brievenbus: een ansichtkaart, een envelop met een foto erin, een brief. De ene keer was de post voor Sprotje, de andere keer voor haar moeder.

Na vier weken kwam er een piepklein pakje met alleen een steen erin, grijs en rondgeslepen door een verre zee.

De betweter liet zich precies een maand en vijftien dagen niet zien. Toen stond hij opeens weer voor de deur, met een grote bos klaprozen, de lievelingsbloemen van Sprotjes moeder. Drie dagen later gingen ze samen uit eten. En vier dagen daarna weer, enzovoort enzovoort.

Ze zagen elkaar niet meer zo vaak als vroeger, maar in de wc stapelden de autotijdschriften zich toch algauw weer op. Ook de elektrische tandenborstel, die de betweter aan het ontbijt zo graag uitvoerig aanprees, keerde in de badkamer terug, en Fred kreeg tot zijn grote vreugde weer gratis autorijles.

'Betekent dit dat hij toch hier intrekt?' vroeg Sprotje toen ze op een dag ook de gezondste muesli ter wereld weer naast het koffiezetapparaat zag staan ('Dat zou jij ook eens wat va-

ker moeten eten, Sprotje. Veel gezonder dan wat je moeder altijd koopt.').

'Nee, hoe kom je daarbij?' vroeg haar moeder op haar beurt, maar ze keek nadenkend uit het raam, alsof Sprotje haar op een idee had gebracht. Aan de andere kant zat ze 's avonds soms met de tv aan de brieven te lezen die Sprotjes vader uit Nieuw-Zeeland had gestuurd. Ze liet ze weliswaar vlug achter haar rug verdwijnen als Sprotje binnenkwam, maar daarmee hield ze haar niet voor de gek. Het was ook vast geen toeval dat ze al die kaarten en brieven uit Nieuw-Zeeland bewaarde in een doosje dat naast haar bed stond. Alleen, waarom lag die betweter dan zo vaak in dat bed?

'Simpel, omdat ze niet alleen wil zijn,' zei Fred kortweg. 'Er is toch zo'n spreekwoord, mijn opa zegt dat altijd: liever een mus in de hand dan een pauw op het land. Of iets dergelijks.'

Daar dacht Sprotje een hele tijd over na. 'Ik zou niet tevreden zijn met een mus,' zei ze uiteindelijk.

Op Freds gezicht verscheen weer die brutale grijns die alleen hij tevoorschijn wist te toveren. 'Mag ik daaruit concluderen dat je mij een soort pauw vindt, Opperkip? Persoonlijk dacht ik meer aan een adelaar of een valk.'

De steen uit Nieuw-Zeeland lag al twee dagen op een plank in Freds kamer toen Melanie voor het eerst sinds de verjaardag van de Wilde Kippen weer naar de caravan kwam. Ze kwam om sorry tegen Lisa te zeggen. Lisa nam haar excuses aan (Sprotje wist niet of zijzelf ook zo grootmoedig zou zijn geweest) en Melanie hing haar zilveren kettinkje met de kippenveer weer om haar hals.

Toen een paar dagen later twee jongens uit een andere klas in de grote pauze een paar niet zo aardige woorden naar Lisa's hoofd slingerden, stonden er vier Kippen klaar om ze de wind van voren te geven, en om te lachen om de gemene opmerkingen die ze vervolgens te horen kregen. Maar het is makkelijk om met z'n vieren te lachen, vooral als er nog twee heldhaftige Pygmeeën bij komen, die sinds een zekere vechtpartij op een feestje het gesprek van de school zijn. Lachen is niet moeilijk, en schelden doet veel minder zeer.

Toch kwam Lisa na dit voorval in de pauzes een tijdje niet meer op het schoolplein. Ze overwoog zelfs uit de toneelclub te stappen, bang voor wat er zou gebeuren als ze bij de voorstelling het toneel op kwam. Maar na een paar bemoedigende clubbijeenkomsten durfde ze toch op te treden.

De Wilde Kippen hielden de meisjes uit de parallelklas in de gaten, want ze wisten dat zij de schrijfsters waren van een paar onaardige briefjes die Lisa onder haar tafeltje had gevonden; Fred ging samen met Willem pal achter de twee jongens zitten die op het schoolplein vervelend hadden gedaan, en Lisa nam het applaus net zo onverstoorbaar in ontvangst als alle anderen.

Margot had minder sterke zenuwen. Zij was twee weken voor de uitvoering uit de toneelclub gestapt en sprak alleen nog buiten school met Lisa af. Toen het herfst werd, was het voorbij tussen die twee en Lisa huilde in de caravan haar ogen rood – waaruit bleek, zoals Kim wijs opmerkte, dat liefdesverdriet niet per se met jongens te maken had.

Kim onderhield sinds het feest van de Pygmeeën een levendige briefwisseling met Steves Spaanse neef. 'Ze valt ge-

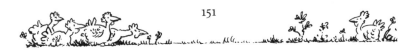

woon op zwarte krullen!' zei Melanie, doelend op Kims eerste grote liefde, haar eigen neef Paolo. 'Mijn Engels gaat er in elk geval een stuk op vooruit,' was Kims enige commentaar.

Roos schreef Mike geen brieven meer, ze e-mailden elkaar nu elke dag en gingen nog steeds bijna elk weekend naar elkaar toe. 'Je weet niet hoe goed jij het hebt,' zei Roos vaak tegen Sprotje, als die alweer met Fred naar de film ging of gewoon bij de boomhut of de caravan met hem afsprak. 'Ja hoor, dat weet ik best,' zei Sprotje dan.

En Melanie? Melanie ging weer met Willem om. Gewoon voor de lol, benadrukte ze als de andere Kippen haar er weer eens mee plaagden. Haar humeur was in elk geval sterk verbeterd. Daarom zei Sprotje ook maar niets over Freds vermoeden dat Willem nog steeds met Kiki was. Ooit zou Mel er wel achter komen, ooit...

En misschien was het wel helemaal niet waar.

'Waarom breek jij je hoofd daarover?' zei Fred. 'Zelfs als het waar is, wat zou het? Willem heeft wel vaker twee vriendinnen tegelijk. Daar draait hij zijn hand niet voor om.'

Daar werd Sprotje wel even stil van. Vanwege die opmerking zei ze vijf hele dagen geen woord meer tegen Fred. En alsof vijf Fredloze dagen haar niet genoeg hartzeer bezorgden, kwam ze op een dag uit school en hoorde ze al op de trap dat haar moeder een van haar oude platen had opgezet. Dat kon twee dingen betekenen: bodemloos verdriet of grenzeloos geluk.

Toen Sprotje de voordeur opendeed danste haar moeder door de keuken, op blote voeten, terwijl buiten de regen langs

de ramen stroomde. Meestal kreeg ze van regen een rothu-
meur.

Sprotje wist meteen wat er aan de hand was. Ze wist het
nog voor ze de ansichtkaart op de tafel in de woonkamer zag
liggen.

Haar vader kwam terug.

Wat dat ook mocht betekenen.

Andere boeken van Cornelia Funke

Thomas en de laatste draken

Thomas begint samen met de zilveren draak Long en het koboldmeisje Zwavelkopje aan een gevaarlijke reis vol avonturen. Ze gaan op zoek naar een plek waar de laatste draken veilig kunnen leven. Een plek waar ze niet door de mensen bedreigd worden. Volgens oude verhalen moet ergens in de bergen van de Himalaya zo'n plaats zijn: het vaderland van de draken. Ze vertrekken bij volle maan, want draken kunnen alleen bij het licht van de maan vliegen.

Maar Netelbrand, de bloeddorstige gouden draak, is ook op zoek naar het vaderland van de draken. Want hij doet niets liever dan op draken jagen. En hij is Thomas, Long en Zwavelkopje al op het spoor...

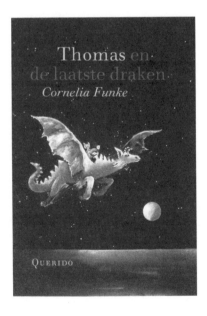

Igraine woont met haar ouders op burcht Bevernel, waar de stenen leeuwen boven de poort beginnen te brullen als er een vreemdeling aankomt, waar boeken kunnen zingen en dikke katers praten. Igraines ouders zijn de machtigste tovenaars tussen het Fluisterende Woud en de Reuzenbergen, zelfs haar grote broer Albert kan al behoorlijk toveren. Maar Igraine droomt van iets heel anders. Ze wil ridder worden, zwaardvechten, draken redden....

Op Igraines tiende verjaardag gebeurt er iets verschrikkelijks: haar ouders veranderen zichzelf per ongeluk in varkens! Juist nu Gilgalad de Gierige met een leger voor de poorten van Bevernel staat om de Zingende Toverboeken te roven. Alleen met een heel speciale toverdrank, gemaakt van reuzenharen, kan alles weer goed komen.

Iemand zal te paard op zoek moeten naar een echte reus. Iemand zonder vrees. Igraine!

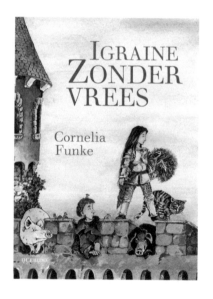

De dievenbende van Scipio

Prosper en zijn jongere broertje Bo zijn weggelopen naar Venetië. Ze sluiten zich aan bij een groep straatkinderen, die moeten stelen om te overleven. Hun leider is Scipio, die ook wel de Dievenkoning wordt genoemd.

Als een onbekende man hun voor veel geld vraagt een mysterieus voorwerp te stelen, zetten Prosper en Bo een avontuur in gang dat niet meer te stoppen is...